閱讀經典，成為更好的自己。

愛經典

愛麗絲夢遊仙境

Alice's
ADVENTURES IN
Wonderland

路易斯‧卡洛爾 Lewis Carroll 著　顧湘 譯

緣起

愛
經
典

　　卡爾維諾說：「『經典』即是具影響力的作品，在我們的想像中留下痕跡，並藏在潛意識中。正因『經典』有這種影響力，我們更要撥時間閱讀，接受『經典』為我們帶來的改變。」因為經典作品具有這樣無窮的魅力，時報出版公司特別引進大星文化公司的「作家榜經典文庫」，期能為臺灣的經典閱讀提供另一選擇。

　　作家榜經典文庫從二〇一七年起至今，已出版超過六十本，迅速累積良好口碑，不斷榮登豆瓣讀書暢銷榜。本書系的作者都經過時代淬鍊，其作品雋永，意義深遠；所選擇的譯者，多為優秀的詩人、作家，因此譯文流暢，讀來如同原創作品般通順，沒有隔閡；而且時報在臺推出時，每部作品皆以精裝裝幀，質感更佳，是讀者想要閱讀與收藏經典時的首選。

　　現在開始讀經典，成為更好的自己。

獻給一個親愛的小孩，

紀念一個盛夏。

To a dear child in memory
of a summer day.

目 次

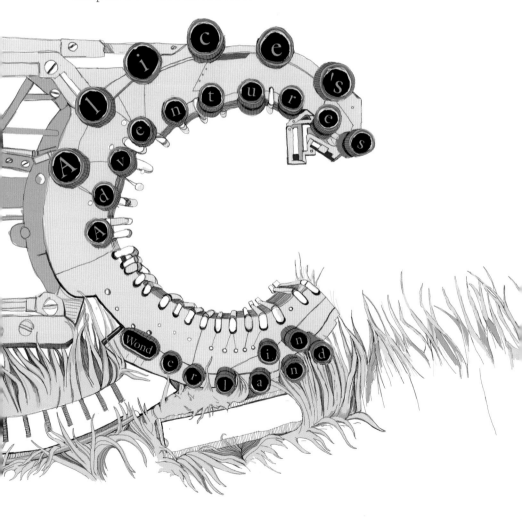

金澄澄的夏日午後，
　　我們悠然順流而逝：
小小的臂膀使著勁，
　　小力道兒划著雙槳，
小小的手裝模作樣，
　　導引著漫遊的去向。

如此如夢良辰中啊，
　　我小心翼翼輕呼吸，
不想吹動纖毫驚擾。
　　三個殘酷的小孩子，
卻請求我講個故事，
　　一個人單薄的聲音，
怎能抵擋三副口舌？

霸道大姊姊發命令：
　　「這就開始說吧！」
小姊姊柔聲說願望：
　　「要有胡言亂語！」
小妹妹最喜歡插嘴，
　　每一分鐘打斷一次。

忽然之間安靜下來，
　　她們在幻想裡追尋。
做夢的孩子穿行在，
　　狂放新鮮的奇境裡，
與鳥獸友好地交談，
　　幾乎相信那是真的。

故事終究漸漸流盡，
　　幻想之井也會乾枯，
疲乏之人無法可想，
　　想把故事暫且擱下，
「下次再講——」
「下次到了！」
　　她們歡快地大聲喊。

奇境故事如此展開：
　　徐徐緩緩一段一段，
離奇趣事慢慢成形，
　　直到故事完整收場。
轉舵回家滿船歡樂，
　　在西落的斜陽之下。

愛麗絲！請收下這稚氣的故事，
　　輕柔的手將它
與童年的夢放在一起，
　　捆紮以記憶的神祕絲帶，
像朝聖者枯萎花環上的
　　花朵採自遙遠的地方。

Chapter 01
掉下兔子洞

愛麗絲和姊姊一起坐在河岸上，無所事事，有點倦乏。她朝姊姊看的書瞄了兩眼，既沒圖又沒對話。

「一本沒圖沒對話的書有什麼意思呢？」

愛麗絲想。

她心裡正想著（勉為其難，因為天熱讓她昏昏欲睡，腦子轉不動），編雛菊花環的樂趣值不值得讓她費勁爬起來去採雛菊，突然有隻粉紅色眼睛的白兔跑過了她身邊。

哎呀！哎呀！

我要遲到了！

愛麗絲沒當回事，她還聽到兔子自言自語說：「哎呀！哎呀！我要遲到了！」也沒覺得有什麼不對（後來回想起來，突然意識到她應該對此感到詫異，但當時一切彷彿都很自然）。不過，當兔子從西裝背心口袋裡掏出懷錶看了看又急匆匆往前趕時，愛麗絲跳了起來，因為她猛地想到過去從來沒見過穿背心或者掏得出懷錶來的兔子。在強烈好奇心的驅使下，她追著牠跑過田野，看到牠跳進了樹籬下的一個大兔子洞。

愛麗絲跟著跳了下去，完全沒想之後要怎麼出來。

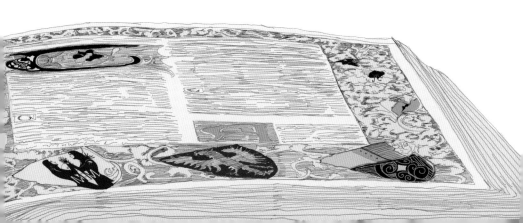

兔子洞一開始筆直得像條隧道，然後突然往下墜，愛麗絲還來不及多想，就已經朝深井般的洞裡墜。

不是井非常深，就是她墜落得很慢，因為她下墜時還能從容地打量四周，猜想接下來會怎麼樣。她先朝下看，想看看會掉到哪裡去，但底下太暗，什麼也看不見；再看井壁，發現全是櫥櫃和書架：到處釘著地圖和圖畫。她從經過的架子上隨手拿了一只罐子，上頭貼著「橘皮果醬」的標籤，結果是空的，讓她很失望。她不想把罐子隨手扔了，怕會砸死下面的人，就等再經過一個櫥櫃時，把它放了上去。

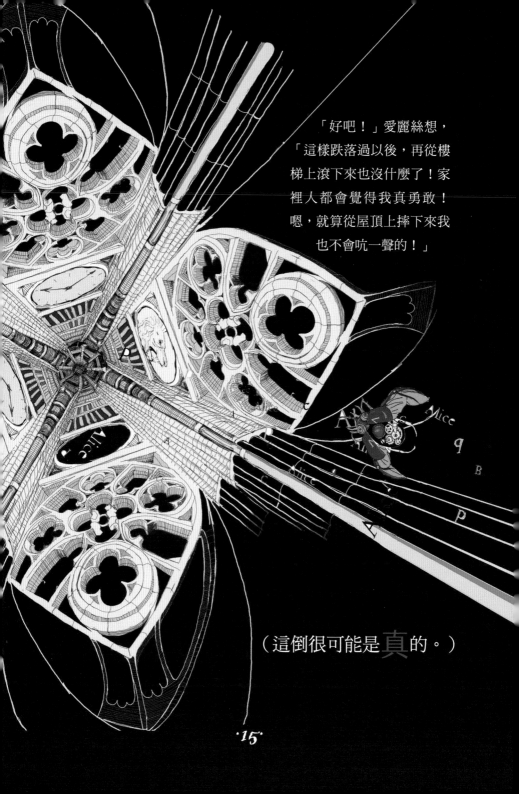

「好吧！」愛麗絲想，「這樣跌落過以後，再從樓梯上滾下來也沒什麼了！家裡人都會覺得我真勇敢！嗯，就算從屋頂上摔下來我也不會吭一聲的！」

（這倒很可能是真的。）

往下掉啊，掉啊，掉啊，

會不會永遠也掉不到底啊？「不知道這時候我掉了幾公里了？」她大聲說，「我快掉到地心了吧。讓我想想：那就是六千三百公里，我想──」（愛麗絲在學校課堂上學到了一些這樣的知識，儘管現在沒有一個聽眾，不是展露學識的好時機，但多背背也是挺好的練習。）

「——對，應該有那麼深，但不知道我到了什麼經度和緯度呢？」（愛麗絲根本不知道「經度」和「緯度」是什麼，只是覺得這兩個詞說起來顯得有點厲害。）

她接著又說：「不知道我會不會穿過地球！從頭下腳上走路的人當中冒出來多好玩啊！我想，他們叫做對立人——」（這時她慶幸沒人在聽，因為她自己也覺得這個詞用得不對。）

「——不過你知道的，我得問他們那是哪個國家。」

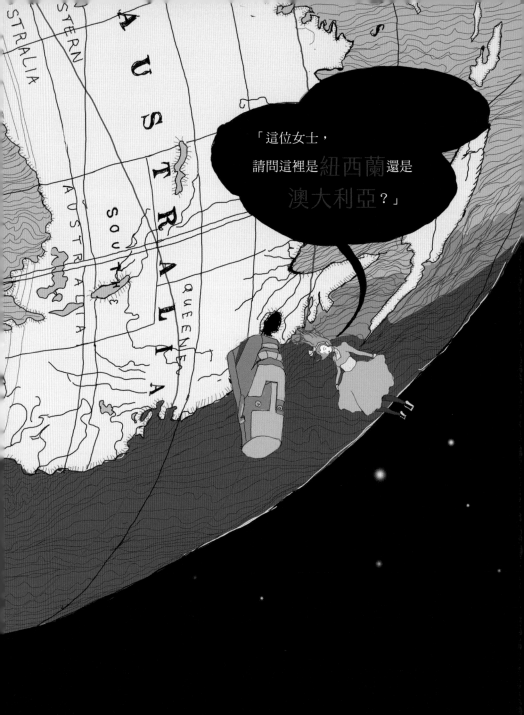

（她說的時候還試著行了個屈膝禮。想想看，一邊在空中往下墜一邊行屈膝禮！你行嗎？）「這樣問她會覺得我是個無知的小女孩吧！不行，不能問，說不定我能在什麼地方看見寫著國家的名字。」

往下掉啊，掉啊，掉啊，掉啊，

「因為愛麗絲沒事可做，很快又說話了：「我想今天晚上黛娜一定會很想我！」

（黛娜是隻貓。）

「但願他們喝茶的時候記得給她碟子裡倒點牛奶。我的好黛娜，要是妳現在和我在一起就好了。我想空中是沒老鼠，但妳能抓蝙蝠吧，妳知道的，牠們長得很像老鼠。不過，貓吃蝙蝠嗎？」這時愛麗絲有點昏昏欲睡，像說夢話似的喃喃自語：貓吃蝙蝠嗎？

貓吃蝙蝠嗎？

貓吃蝙蝠嗎？

貓吃蝙蝠嗎？

貓吃蝙蝠嗎？

貓吃蝙蝠嗎？

蝙貓吃蝙蝠嗎？

有時還說成了「蝙蝠吃貓嗎？」反正這兩個問題她都答不出來，怎麼吃都無所謂。她迷迷糊糊要睡著了，開始夢見她和黛娜手拉著手走著，她很認真地問：「嗯，黛娜，

貓吃蝙蝠嗎？

貓吃蝙蝠嗎？

貓吃蝙蝠嗎？

貓吃蝙蝠貓

貓吃蝙蝠嗎？

貓
蝙蝠

貓吃蝙蝠嗎？

蝙蝠嗎？　　貓　　蝙蝠　　　　貓吃蝙蝠嗎？
貓吃蝙蝠嗎？　貓吃蝙蝠嗎？　蝙蝠吃貓嗎　　　貓吃蝙蝠嗎？
貓吃蝙蝠嗎？　　　　貓吃蝙蝠嗎？　　　貓　蝙蝠
　貓吃蝙蝠嗎？

跟我說實話，妳吃過蝙蝠嗎？」
突然就「砰——咚」摔
在了一堆枯枝敗葉上。終於不再
往下掉了。

愛麗絲毫髮無傷，立即站了起來，她往上看，頭頂上一片漆黑，眼前是一條長長的通道，還能看見白兔正在前頭跑著。沒時間耽擱了，愛麗絲像風一樣追了上去，只聽得到兔子在拐彎時說：「哎呀，我的耳朵和鬍子完了！實在是太晚了！」她都快追上牠了，可是一轉彎兔子就不見了。她發現來到了一個又長又低矮的大廳，天花板上亮著一排吊燈。

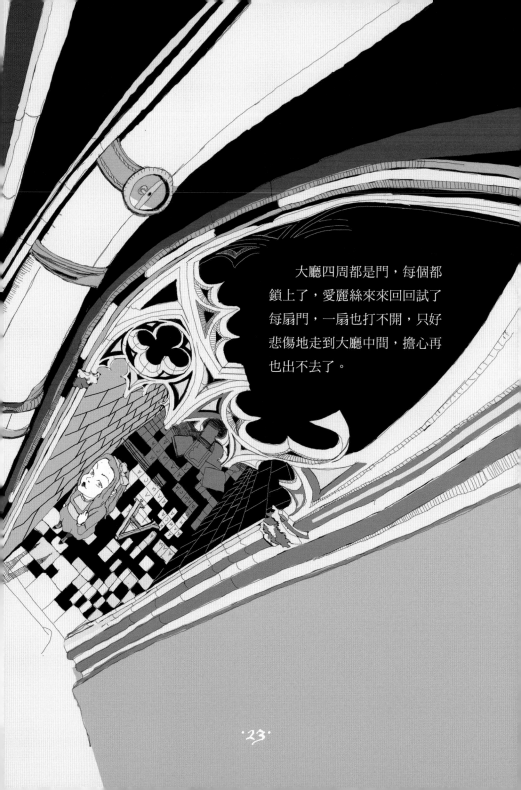

大廳四周都是門，每個都
鎖上了，愛麗絲來來回回試了
每扇門，一扇也打不開，只好
悲傷地走到大廳中間，擔心再
也出不去了。

突然間，她看到一張三條腿的小桌子，整個是實心玻璃做的，桌上除了一把小小的金鑰匙以外別的什麼也沒有。愛麗絲心想那大概是大廳裡某扇門的鑰匙；可是，不是鎖太大，就是鑰匙太小，沒有一扇能打得開。不過，當她轉第二圈的時候，她注意到了一個先前沒看見的低矮布簾，簾子後頭有一扇大約四十公分高的小門，她把小金鑰匙插進鎖孔裡一試，對了！真讓人開心！

　　愛麗絲開了門，門裡是條比老鼠洞大不了多少的小走道，她跪下來，往走道那頭看去，裡面是個無比可愛的花園！真想走出這個昏暗的大廳，到鮮豔的花壇和清涼的噴泉間漫步啊，可是她連頭都進不了門口。

「就算我的頭鑽進去了，」
可憐的愛麗絲想，
「肩膀過不去又能怎

麼樣呢？唉！真想像

望遠鏡那樣可以縮

起來啊！我覺得我

是可以的，只要我

知道該怎麼做。」

如你所見，經歷許多

怪事後，愛麗絲開始認

為幾乎沒什麼事是

不可能的。

在小門旁乾等不是辦法，於是她走回小桌，有點希望桌上能再有一把鑰匙，或者有一本教人怎麼像望遠鏡一樣縮起來的訣竅的書也可以，結果這回桌上有個小瓶子，（「之前肯定沒有。」愛麗絲說。）瓶頸上繫著一張小紙標籤，寫著漂亮的兩個大字：「喝我！」

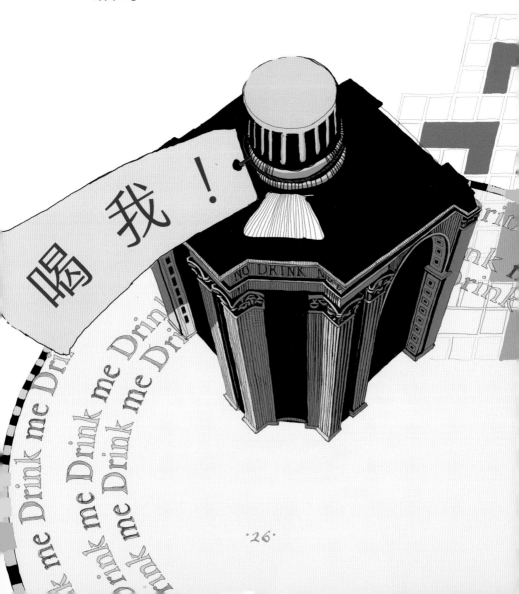

「喝我」說得很好，但聰明的小愛麗絲不會貿然行事。「不，我要先看看，」她說，「看看上面有沒有標明『有毒』。」她讀到過幾個充滿危險的小故事，說的都是小孩被燙傷、被野獸吃掉，或別的慘劇，皆因沒記住朋友教他們的簡單規則，比如燒紅的撥火棍拿得太久了會被燙傷、手指被刀割深了會流血；她還牢牢地記著：如果喝了瓶身標著「有毒」的東西，保證遲早會感到不舒服的。

然而，這個瓶子上沒寫「有毒」，於是愛麗絲鼓起勇氣喝了一口，發覺很好喝（實際上有點像櫻桃派、奶黃醬、鳳梨、烤火雞、太妃糖和熱奶油吐司的味道），一下子就把它喝完了。

「感覺好奇怪！」愛麗絲說，「我大概像望遠鏡一樣被縮起來了。」

　　她確實縮小了，現在只有二十五公分高了。想到現在的大小正好能通過那扇門到可愛的花園裡去，她臉上不禁露出了笑容。不過，她還是先等了幾分鐘，看看還會不會繼續縮小，她對此有點緊張。

　　「說不定縮到最後我就不見了，」她對自己說，「像蠟燭一樣。到時候我會變成什麼樣子呢？」她試著想像火苗在蠟燭被吹熄後的樣子，因為她不記得見過那樣的情形。

過了一會兒，沒有新的情況發生，她決定立刻到花園去；但是，可憐的愛麗絲！當她來到門邊，才發現忘了拿小金鑰匙，而當她回到桌子那裡去拿的時候，發現根本構不到它：她能透過玻璃清清楚楚地看到它，她百般努力想要爬上一條桌腿，可是太滑了，怎麼也爬不上去。可憐的小傢伙精疲力竭，坐在地上哭了起來。

「好了，只是哭有什麼用！」愛麗絲不客氣地對自己說，「我建議妳，不要再哭了！」她常給自己好建議（雖然很少聽從），有時訓斥自己太過嚴厲，還把自己罵哭了。記得有一次她和自己玩槌球的時候作了弊，就打自己的耳光，這個古怪的孩子很喜歡扮成兩個人。「但現在剩下這麼一丁點的我，連扮一個像樣的人都不夠了，哪還能扮成兩個人呢！」可憐的愛麗絲想。

　　她的目光很快落到了躺在桌下的
一個小玻璃盒上，她打開它，裡頭有
一塊很小的蛋糕，上面用葡萄乾擺出
兩個漂亮的字：「吃我」。「好，
我吃，」愛麗絲說，「如果它讓我
變大，我就能拿到鑰匙；如果讓我變
小，我就從門底下爬過去。怎麼樣都
能去花園，怎樣都行啊！」

她吃了一點點，就急著自問：

「 大還是小？　大還是小？」

把手放在頭頂，想要感覺自己是在變大還是變小，可是奇怪，她還是原來的大小。當然，本來吃蛋糕也不會讓人變大變小，但愛麗絲已經習慣期待不尋常的事發生了，生活若循常規進行，似乎顯得乏味和無聊。

她繼而大口吃了起來，很快就把蛋糕吃完了。

*　　*　　*　　*　　*　　*　　*

*　　*　　*　　*　　*　　*

*　　*　　*　　*　　*　　*

Chapter 02

眼淚池

at any rate
none of them. However, on
the second time round, she
came to a low curtain,
behind which was a door
about eighteen inches

「奇大怪了！」

　　愛麗絲叫起來（她驚詫得一時連話好好說也不會了）。「我現在伸長得像支超大的望遠鏡那麼大！再見了，我的腳！」（她低頭看腳時，腳遠得都快要看不見了。）

「我可憐的腳啊，這下誰來給你們穿鞋穿襪子呢？乖乖，我肯定是沒辦法了啊！我離得太遠了，照顧不了你們了，你們自己要保重啊——但我還是要善待它們，」愛麗絲想，「不然它們不會往我想去的方向走呢！我想想，每年耶誕節都送雙靴子給它們吧。」

接著，她開始設想她要怎麼送。「得讓人送過去，」她想，「給自己的腳送禮物，好像很滑稽！收件方看起來也很怪！

愛麗絲的右腳先生
地毯上，
火爐圍欄邊，
（愛麗絲敬上）

哎呀，我在胡說什麼啊！」

就在這時，她的頭撞到了大廳天花板：事實上，她現在已經將近三公尺高了。她立刻拿起小金鑰匙開了通向花園的門。

可憐的愛麗絲！她現在只能側躺下來，用一隻眼睛看著門外的花園，出去更無望了，她坐在地上又哭了起來。

「妳該感到丟臉啊，」愛麗絲說，「妳這麼大一個女孩（可不是嗎？），這樣哭個不停！不要再哭了，聽見了嗎？」但她照哭不誤，流下好幾十升眼淚，在周圍積成一個約十公分深的水池，淹沒了半個大廳。

過了一會兒，她聽見遠處有「啪嗒啪嗒」的小腳步聲，趕緊擦乾眼淚看是誰來了。是那個白兔又回來了，穿得很講究，一手

拿著一對白色小羊皮手套，另一隻手裡拿著一把大扇子，急急忙忙連蹦帶跑地走來，還一面嘀咕：「哎！公爵夫人，公爵夫人！哎！讓她等，她會要了我的命吧！」愛麗絲走投無路，不惜向任何人求助，所以當兔子一走近，她就怯生生地低聲說：「麻煩你，先生——」兔子嚇了一大跳，丟下小白手套和扇子，拚命逃到黑暗裡去了。

愛麗絲撿起扇子和手套，大廳裡很熱，她一邊搧著扇子，一邊說：「天哪！今天怎麼每件事都那麼怪！昨天還什麼都很平常。是昨晚我變了嗎？讓我想一想：今天早上我起床的時候和原來一樣嗎？好像當時感覺是有一點不一樣。不過，假如我不是我了，那麼另一個問題來了，我到底是誰呢？啊！這真是個大難題！」她把她認識的所有同齡的小孩都想了一遍，看看自己是不是和他們誰互換了。

「我肯定不是艾姐，」她說，「她的頭髮又長又捲，我的一點也不捲；我也肯定不是梅寶，因為我什麼都懂，她，唉！她什麼都不懂！何況，她是她，我是我，還有——哎，天呀，搞不清了！我來測試一下還知不知道以前知道的東西。我想想，四五十二，四六十三，四七……哎呀！這樣算下去永遠到不了二十！不過，乘法表不能說明什麼，試試地理吧。倫敦是巴黎的首都，巴黎是羅馬的首都，羅馬是——不對，全記錯了，我確定！我一定是變成梅寶了！讓我來背背看〈小蜜蜂〉。」她像背課文那樣把雙手交叉相握放在膝蓋上開始背，但她的聲音聽起來嘶啞怪異，念出口的字句也跟往常不一樣：

小鱷魚，小鱷魚，
　打理牠的亮尾巴，
尼羅河水滔滔流，
　金鱗片片刷！

咧嘴樂得多開心，
　爪子張開真乾淨，
歡迎小魚來光臨，
　笑著吞掉你！

　　「我可以肯定我背得不對，」可憐的愛麗絲說著又眼淚汪汪了，「我一定是變成梅寶了，要去住那窄小的房子，沒有玩具可玩，唉，還有那麼多課要學！不！我想好了，要是我是梅寶，我就要在這裡待著！就算他們探頭下來說：『回來吧，寶貝！』也沒用，我只會往上看，說：『那我是誰？先告訴我，要是我喜歡當那個人，我就上去，要是我不喜歡當那個人，我就在這下面待到我變成另一個人再說。』——可是，唉！」愛麗絲哭著，又是一陣淚如泉湧，「我真希望有人能探頭往下看！我不想再一個人待在這裡了呀！」

　　說著，她低頭看了看自己的手，驚奇地發現她說話間戴上了一只兔子的小白手套。「我怎麼戴上去的？」她想，「我一定是又變小了。」她站起來到桌邊比比自己──

　　她很快發現是她手裡的那把扇子在作怪，連忙把它丟了，還好來得及保住自己，沒縮到一點也不剩。

　　「好險，差點沒命！」愛麗絲說。她被突然發生的變化嚇得不輕，但很慶幸自己還存在著。「那麼這就去花園吧！」她以最快的速度跑回小門。然而，唉呀！小門又關上了，小金鑰匙像開始一樣躺在玻璃桌上。「事情更糟糕了，」這可憐的孩子想，「我從來沒有這麼矮小過，從來沒有！我說這真是太糟了，太糟了！」

　　說話間她腳下一滑，接著就「撲通」一聲跌倒在淹過了脖子的鹹水裡。她第一個念頭是自己不知怎麼掉進了海裡。「這樣我可以坐火車回去。」她想。（愛麗絲去過一次海邊，便得出一個結論：不管你去英國哪個海岸，都會看到許多更衣車，小孩們用木鏟挖沙子，還有一排出租屋，後面就是火車站。）不過，她很快發現她身處的是她三公尺高時哭出來的眼淚池。

「要是沒哭那麼多就好了！」愛麗絲邊游邊說，想找條出路，「我現在是被懲罰了，我想。淹死在自己的眼淚裡，也真是滿奇怪的！不過，今天碰到的每件事都很奇怪。」

　　這時她聽見池塘的不遠處有什麼東西在拍打著水，就游過去看那是什麼。一開始以為那是隻海象或河馬，但想到自己現在有多小，才看出那只是一隻像她一樣失足落水的小老鼠。

　　愛麗絲想：「跟這個老鼠說話不知道有沒有用啊？這裡什麼事都那麼不尋常，我看牠多半也會說話，反正試一下總沒壞處。」於是她說：「噢，小鼠君，你知道往哪裡能游出這個池子嗎？我游得累死了啊小鼠君！」（愛麗絲覺得和老鼠說話應該要這樣。她以前沒和老鼠說過話，但她記得從哥哥的拉丁文法書裡看到過，關於站在一隻老鼠的不同角度對牠有不同的稱呼法。）老鼠疑惑地看了看她，好像還眨了眨小眼睛，但沒說話。

　　「可能是牠不懂英語，」愛麗絲想，「我猜牠是法國老鼠，跟著征服者威廉一起來的。」（愛麗絲的歷史知識有限，她搞不清那些事都是多久以前發生的。）她又改用法語說：「Où est ma chatte？」（我的貓在哪裡？）這是她法語課本裡的第一句話。小老鼠一聽猛地從水裡跳起來，嚇得瑟瑟發抖。「啊，對不起，對不起，」愛麗絲生怕傷害了這可憐小動物的感情，連忙喊道，「我完全忘了你不喜歡貓。」

　　「『不喜歡貓』！」小老鼠激動地尖叫道，「妳要是我，妳會喜歡貓嗎？」

　　「好吧，大概也不喜歡，」愛麗絲安撫牠說，「別生氣啦。不過，我還是想讓你看看我們的貓黛娜，我覺得你只要見了她，就會喜歡貓的。她又好又安靜，」愛麗絲說著，半像自言自語，一面在池子裡慢吞吞地游著，「她坐在火爐旁呼嚕呼嚕，舔爪子洗

臉——軟綿綿，超好摸——還很會抓老鼠——噢，對不起！」愛麗絲又大聲說，因為這次老鼠渾身毛都豎了起來，她覺得牠真的生氣了。「你不樂意聽的話，我們就不再說她了。」

「『我們』，還真是噢！」老鼠連尾巴尖都在抖，牠嚷嚷道，「說得好像我會說這個話題似的！我們全家都討厭貓，牠們是卑鄙、骯髒、下流的東西！別再讓我聽到那個字了！」

「真的不會再說了！」愛麗絲連忙改變話題說，「你喜歡……喜歡……狗嗎？」老鼠沒理她，她就興奮地說：「我家旁邊有隻很可愛的小狗，我跟你說哦！一隻眼睛很亮的小獵狗，你知道的，哦！棕色的毛又長又捲！你把東西丟出去牠就叼回來給你，牠還會乖乖坐直了討飯吃，什麼都會——我記得的還不到一半呢——牠是一個農夫養的，你知道嗎？他說牠用處可多了，能值一百鎊！他說牠能把老鼠都抓光——哎呀！」愛麗絲歉疚地大叫。「我恐怕又得罪牠了！」因為老鼠正拚了命地游開，攪得池水波瀾大作。

她在後頭輕聲呼喚：「親愛的小鼠君！請回來吧，如果你不喜歡貓狗，我們就再也不說牠們了！」老鼠聽了這話又掉頭慢慢游了回來，臉色蒼白（一定是剛剛被她氣的，愛麗絲心想），語音顫抖地說：「我們上岸吧，然後我跟妳說說我的經歷，妳就會明白我為什麼恨貓和狗了。」

是該上岸了，因為這時池子裡已經擠滿了掉進來的鳥獸——一隻鴨子和一隻渡渡鳥，一隻鸚鵡和一隻小鷹，還有些別的稀奇古怪的動物。愛麗絲領著頭，大家一起往岸邊游。

Chapter 03
會議式賽跑和長尾巴故事

聚集在岸上的這一群，看起來確實是很怪模怪樣——拖著溼羽毛的鳥，毛都緊貼在身上的動物，全都溼漉漉地滴著水，滿臉慍怒，很不舒服。

第一個問題當然是要怎麼把自己的身體弄乾，大家開始討論起來，沒過多久愛麗絲就很自然地和牠們聊得很熟，像從小認識一樣。實際上她還和鸚鵡爭論了好一番，到後來鸚鵡生氣地擺起臉來說：「我年紀比妳大，當然比妳懂得多。」愛麗絲不知道牠有多大，不服氣，鸚鵡又斷然不肯說出年齡，就沒什麼好說的了。

最後，看上去在牠們中間似乎有點權威的老鼠大聲說：「都坐下，聽我說！我很快能讓你們乾透！」大家馬上圍著老鼠坐成一個大圈。愛麗絲熱切地望著牠，覺得要是不趕快乾肯定會得重感冒的。

「嗯哼！」老鼠煞有介事地清了清嗓子說，「準備好了嗎？這是我知道的最『乾』的事情，請大家安靜地聽：『征服者威廉，其事業頗得教宗支持，未久便使英格蘭臣服，是因英格蘭彼時缺乏領袖，比年以來，僭篡侵略，無時或已，內憂外患，習以為常。愛德溫與莫卡，即麥西亞與諾森布里亞的伯爵……』」

「呃！」鸚鵡叫了一聲，打了個冷戰。

「不好意思，」老鼠皺著眉頭但很禮貌地說，「你說什麼？」

「沒什麼！」鸚鵡連忙說。

「我以為你要說什麼，」老鼠說，「——我繼續說，『愛德溫與莫卡，即麥西亞與諾森布里亞的伯爵，亦公開擁護；乃至忠貞愛國之坎特伯雷大主教斯蒂甘德，亦覺甚好——』」

「掘了什麼好的？」鴨子問。

「『覺得』，」老鼠有點不耐煩，「你肯定知道『的、得、地』吧。」

「我當然知道『地』，」鴨子說，「從地裡通常能掘到一隻青蛙或一條蟲子。問題是大主教掘到了什麼？」

老鼠不理會這個問題，只管接著說：「『——亦覺甚好，遂偕同顯貴者埃德加求見，尊之為王。威廉登位之初尚知節制，但其屬下諾曼人目無法紀——』」說到這裡牠轉過來問愛麗絲：「妳現在怎麼樣了，親愛的？」

「還是那麼溼，」愛麗絲憂傷地說，「這好像一點也沒讓我變乾。」

「既然如此，」渡渡鳥嚴肅地說著，站了起來，「我提議休會，另籌更為積極有力之補救措施——」

「說人話！」小鷹說，「那些複雜的字眼我一半沒聽懂，而且我覺得你也不一定懂！」小鷹低頭藏住笑，還有幾隻鳥嘰嘰笑出了聲。

「我要說的是，」渡渡鳥不高興地說，「我們要變乾最好就是辦一場會議式比賽。」

「什麼叫做會議式比賽？」愛麗絲問。其實她也不是很想知

道，只不過渡渡鳥停下來好像覺得應該有人接話，然而又沒人開口。

「嗯，」渡渡鳥說，「最好的解釋方法就是親自體驗一下。」（冬天，你或許也想自己試試，我會告訴你渡渡鳥是怎麼做的。）

牠先畫出一條賽道，基本上是一個圈（「具體形狀無所謂。」牠說），所有人站到賽道上，這裡那裡隨便站，沒有「一，二，三，跑」，想什麼時候跑就什麼時候跑，想停就停，因此也不容易知道比賽什麼時候結束了。反正，牠們跑了約莫半小時，身上差不多都乾了，渡渡鳥忽然叫道：「比賽結束！」大家都氣喘吁吁地圍過來問：「誰贏了？」

這個問題渡渡鳥要傷點腦筋才能回答出來，牠一隻手指支著額頭（就像你常在莎士比亞的畫像上會看到的姿勢）站了好久，別人就默默等著。末了渡渡鳥說：「大家都贏，統統有獎。」

「那誰來頒獎？」大家齊聲問。

「當然是她啦。」渡渡鳥指著愛麗絲說。於是大家立刻圍住她，七嘴八舌地嚷嚷：「獎品！獎品！」

愛麗絲不知所措，無法可想之下把手伸進了口袋，摸出一盒糖果（幸虧鹽水沒滲進去），當作獎品發給大家，剛剛好每人一顆糖。

「但她自己也要有個獎品呀。」老鼠說。

「那當然，」渡渡鳥莊重地答道，「妳口袋裡還有什麼東西？」牠繼而轉過來問愛麗絲。

「只有一枚頂針。」愛麗絲傷心地說。

「交給我吧。」渡渡鳥說。

大家再次把愛麗絲團團圍住，渡渡鳥鄭重其事地把頂針頒給她，說：「謹獻精美頂針一枚，敬請笑納。」簡短致詞一完，大家都歡呼起來。

愛麗絲覺得整件事很荒誕，但大家看起來都那麼認真，她也不敢笑，她不知道該說些什麼，就只鞠了個躬，接過頂針，盡量顯得一本正經。

接下來就是吃糖果了，這又引起了一些吵鬧和混亂，大鳥抱怨根本沒嘗到味道，小鳥噎著了，不得不由人幫忙拍後背。終於都吃完了，大家重新坐成一圈，請老鼠再給牠們說說。

「你不是說要跟我說你的經歷嗎？」愛麗絲說，「為什麼你那麼討厭——『ㄇ』和『ㄍ』。」她小聲說著，怕又惹怒了牠。

「我的故事和尾巴一樣，又長又悲傷！」老鼠轉向愛麗絲，歎了口氣說。

愛麗絲好奇地往下看老鼠的尾巴：「確實是條長尾巴，可是悲傷在哪裡呢？」老鼠講故事的時候，她還在琢磨，因此她聽到的故事大概是這樣的——

「惡狗對在
　　屋子裡遇見的
　老鼠説：
　『讓
　　　我們
　　上法庭吧，
　　　我要
　　告你。——
　　　　來吧，
　　不許耍賴，
　　一定要上法庭，
　　因為
　　今天早上
　　我
　　沒事可做。』
　老鼠
　對惡狗説：
『親愛的
　先生，
如此
　審判，
　既
　沒陪審團
　　又沒
　　法官，
　　不過是
　　　白費唇舌。』
　　　『法官
　　　我來做，
　　陪審團
　　　我來當，』
　　狡猾
　　的
　　老狗
　　説，
『我一人
　全包了，
　　判你
　　　上
　　天
　　堂。
　』
　」

「妳沒認真聽！」老鼠對愛麗絲嚴厲地說，「妳在想什麼？」

「對不起，」愛麗絲恭順地說，「你說到第五個彎了，對嗎？」

「不對！還有一截！」老鼠氣得尖叫。

「還有一個結！」愛麗絲一向愛幫忙，趕緊左看右看說，「讓我來幫你解開！」

「解什麼結，」老鼠起身離開，「妳胡說八道汙辱我！」

「我不是故意的啊！」愛麗絲可憐地懇求說，「可是你也太容易生氣了吧！」

老鼠只哼了一聲作答。

「請回來，把故事講完！」愛麗絲在牠身後喊。大家也跟著一起喊：「是啊，請回來！」但老鼠只是不耐煩地搖搖頭，走得更快了。

等牠走得不見了蹤影，鸚鵡說：「真可惜啊！牠不肯留下來。」一隻老螃蟹抓住時機對她的女兒說：「哎，我的乖乖！這對妳也是個教訓：永遠別亂發脾氣！」

「別囉嗦了，媽！」小螃蟹沒好氣地說，「連牡蠣都快受不了妳地要開口了！」

「要是黛娜在就好了，真的！」愛麗絲大聲說，也沒有特別要說給誰聽，「她能馬上把老鼠帶回來呢！」

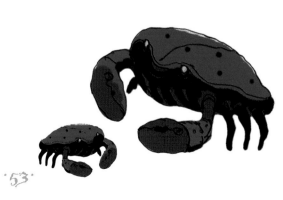

「我冒昧問一句，黛娜是誰啊？」鸚鵡問道。

愛麗絲最喜歡談她的寵物了，於是十分熱情地回答：「黛娜是我們的貓，抓老鼠非常厲害，你簡直想像不到！喔，我真希望你能看看她是怎麼抓鳥的！為什麼？她一看到小鳥可是能馬上就把牠吃掉！」

這番話引起了不小的騷動。一些鳥立刻匆匆離去，一隻老喜鵲用翅膀把自己包得緊緊的，說：「我真的要回家了，晚上的空氣對我的嗓子不好！」一隻金絲雀顫聲招呼牠的孩子們：「走吧，寶貝！你們都該上床睡覺了！」牠們都用各種藉口離去，不一會兒就只剩下了愛麗絲一個人。

「我真不該提黛娜啊！」她悶悶不樂地對自己說，「這裡好像沒人喜歡她，我還是覺得她絕對是世界上最好的貓！唉，我的好黛娜！不知道我還能不能再見到妳啊！」說到這裡，可憐的愛麗絲又哭了起來，因為她感到又孤獨又沮喪。不過沒過多久，她又聽到遠處有「啪嗒啪嗒」的小腳步聲，她抬起頭眼巴巴地望著，希望是老鼠回心轉意，回來把牠的故事講完。

Chapter 04
兔子派來小比爾

是白兔慢慢小跑著回來了，一邊焦急地四下張望，像是丟了什麼東西，還聽見牠喃喃自語：「公爵夫人！公爵夫人！哦，我親愛的爪子！哦，我的毛和鬍子！她會處決我的，毫無疑問得就像雪貂冷酷無情的事實！我到底把它們掉在哪裡呢？不知道……」愛麗絲馬上猜到牠在找扇子和小白手套，就好心地幫牠找，可是哪裡也找不到──一切好像都變樣了，從她在水池裡游泳之後，大廳、玻璃桌、小門，全都消失不見了。

愛麗絲正幫忙找著，不一會兒兔子發現她，生氣地對她喊：「喂，瑪莉安，妳在這裡做什麼？快跑回家，給我拿副手套和一把扇子來！快去，快！」愛麗絲嚇得連忙往牠指的方向跑，沒有試圖辯解說牠認錯人了。

「牠把我當成牠的女傭啦，」她邊跑邊對自己說，「等牠發現我是誰的時候會驚呆吧！不過，我最好還是幫牠拿來牠的扇子和手套──我是說，要是我找得到的話。」她說著，來到了一棟精緻的小房子前，門上光亮的銅牌上刻著「白兔」的名字。她沒敲門就進了屋，跑上樓梯，生怕碰到真的瑪莉安，沒找到扇子和手套就被趕出去。

「好奇怪啊，」愛麗絲想，「被一隻兔子差使！我想接下來黛娜也要差遣我了！」她開始想像那情形：「『愛麗絲小姐！立刻過來，準備去散步！』『馬上來，保母！但是我要幫黛娜看著這個老鼠洞，等她回來，不讓老鼠跑出去。』」她又想：「不過，如果黛娜開始像那樣支使大家，他們就不會再養牠了！」

這時她走進一個整潔的小房間，窗邊有張桌子，上面（如她所願）有一把扇子和兩三副小小的小羊皮白手套，她拿起扇子和一副手套，正要離開房間，瞥見穿衣鏡旁有一只小瓶子。這回上面並沒有寫著「喝我」的字，但她還是拔開瓶塞，把瓶口對到嘴邊。「我知道肯定會發生些什麼有趣的事，每次吃喝都是，」她對自己說，「我來看看這瓶是幹麼的。我真希望它能讓我再變大，這麼小一點我真的是受夠了！」

——她真的變大了，

而且變得比她設想的要快得多，喝不到半瓶，她的頭就頂到了天花板，不得不彎下腰，以免脖子折斷。她趕緊放下瓶子，對自己說：「夠了——別再長了——我都出不了門了——不喝那麼多就好了！」

啊！現在後

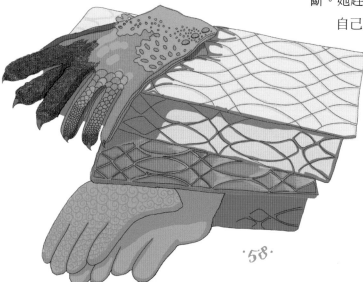

悔也來不及了！她繼續長啊長，很快就只能跪在地板上了，接著跪也跪不下了，只好試著躺下來，一隻手肘抵著門，另一隻環抱著頭。她還在長，最後沒辦法，她把一條手臂伸出窗戶，一隻腳伸進了煙囪，對自己說：

「只能這樣了，

再長我也沒辦法了。

我還會變成怎樣啊？」

　　算愛麗絲走運，小魔法瓶的藥力發揮到頭了，她不再長大了，但是很不舒服，而且，她看來是沒法出房間了，也難怪她感到不開心。

「在家舒服多了，」可憐的愛麗絲想，「人不會老是變大變小，也不會被老鼠和兔子吆來喝去。我簡直希望我沒進這個兔子洞，不過，不過，這樣的人生，你知道，真奇怪啊！我不知道還會有什麼遭遇！我以前看童話故事，以為都不是真的，現在我自己身在其中了！應該有一本寫我的書，真的要有！等我長大了，我就寫一本 —— 但我現在已經長大了，」她傷心地加了一句，「至少在這裡，已經沒法再長更大了。」

「不過，」愛麗絲想，「我是不是再也不會比現在更老了？那倒不錯，一方面，永遠不會變成老女人，但是，永遠要念書！噢，這我不喜歡！」

「噢，愛麗絲，妳真傻！」她回答她自己，「妳在這裡怎麼念書呢？連妳的人都快塞不下了，怎麼會有地方放什麼課本！」

她就這樣說下去，先當一方，再當另一方，自己和自己對話。幾分鐘後她聽見外面有聲音，便停下來聽。

「瑪莉安！瑪莉安！」那聲音說，「快拿手套來！」「啪嗒啪嗒」的小腳步上了樓梯。愛麗絲知道那是兔子回來找她了，嚇得發抖，房子都晃了起來，她完全忘了她現在比兔子大一千倍，沒道理要怕牠。

兔子很快來到門外，想要開門，但門是向裡開的，被愛麗絲的手肘牢牢頂著，只能白費力氣。愛麗絲聽見牠自言自語：「那我繞到窗戶進去。」

「那你也別想了！」愛麗絲想，她等了一會兒，等到覺得好像聽見兔子到了窗下，就突然張開手抓了一把。她什麼也沒抓到，但她聽到一聲細細的尖叫，還有東西摔落，打碎了玻璃，她猜想

兔子可能砸到了種黃瓜的瓜棚或之類的東西上。

接著傳來了氣沖沖的聲音，是兔子在喊：「派特！派特！你在哪裡？」另一個她之前沒聽到過的聲音說：「哦，我在這裡！挖蘋果，勞爺！」

「挖什麼蘋果啊！」兔子生氣地說，「過來！來幫我從這裡出去！」（又是一陣玻璃碎裂聲。）

「告訴我，派特，窗子那裡是什麼？」

「哎，那是隻手臂，勞爺！」（牠把它說成「收臂」。）

「手臂，你這個笨蛋！誰見過這麼大的手臂？那什麼，都撐滿整個窗戶了！」

「是啊，是撐滿了，勞爺，但真的是隻手臂。」

「好吧，不管怎樣，它都不該在那裡，去把它弄走！」

安靜了一段時間，愛麗絲只聽見不時有幾句低語，例如：「是的，我不喜歡它，勞爺，一點也不喜歡，完全不喜歡！」「照我說的去做，你這個膽小鬼！」最後她又張開手，在空中抓了一把。這次聽到了兩聲小尖叫，和更多的碎玻璃聲。「這裡的瓜棚真多！」愛麗絲想，「牠們接下來要做什麼呢？想把我拉出窗戶的話，我倒是希望牠們有這個本事啊！我真不想再在這裡待下去了！」

有一陣子她什麼也沒聽到，後來傳來了小手推車的轆轆聲和一片七嘴八舌的吵吵嚷嚷，她能聽到牠們說：另一把梯子呢？——啊，我只拿了一把，另一把是比爾拿的——比爾！拿過來，梯子！——拿來，豎在這個牆角上——不，先把它們綁起來——一半高都夠不到——哦，這樣就行，用不著太講究。

——喂，比爾！接住繩子 ——屋頂撐得住嗎？

——小心那片瓦鬆了。

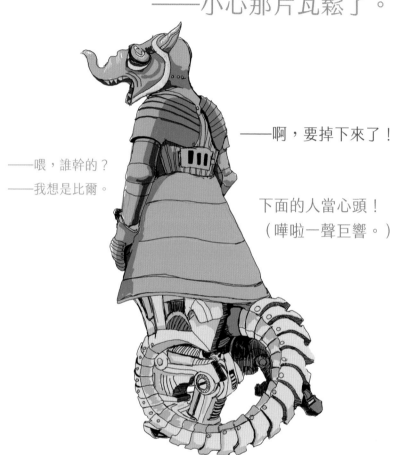

——啊，要掉下來了！

——喂，誰幹的？
——我想是比爾。

下面的人當心頭！
（嘩啦一聲巨響。）

——誰從煙囪下去？

——不，我不去！你去！

——我才不去呢！

——得讓比爾去。

——過來，比爾！主人說你得從煙囪下去！

「哦！看來比爾要從煙囪下來了，是嗎？」愛麗絲暗自忖道，「為什麼他們好像什麼都叫比爾做！我才不要當比爾呢。這個壁爐是挺窄的，不過我想我還能稍微踢一踢！」

她把她的腳盡量從煙囪裡收回來一點，直到聽到有一個小動物（她猜不出那是個什麼）在煙囪裡窸窸窣窣地爬過來，就對自己說「這就是比爾」，便使勁一蹬腿，等著看接下來發生什麼事。

她先是聽到了一片驚呼——「比爾飛出來了！」然後是只有白兔的聲音——「接住牠，籬笆那邊！」之後安靜，接著又是一陣混亂的說話聲——「把牠的頭扶起來——拿白蘭地來——別嗆著牠——現在怎麼樣，老弟？怎麼了？跟我們說說！」

最後傳來一個虛弱尖細的聲音，（「那是比爾。」愛麗絲想）「啊，我都不知道——不用了，謝謝，我好多了——我腦袋太混亂了，沒辦法說——我只知道有個東西就像玩具盒裡的彈簧小丑一樣撞過來，我就像火箭一樣飛上天了！」

「你是飛上天了，老弟！」眾人們說。

「我們必須燒房子了！」兔子的聲音說。愛麗絲聽了就用盡全力大喊：「你們要是這麼做，我就派黛娜來抓你們！」

頃刻一片死寂，愛麗絲尋思：「不知道這下牠們還要做什麼！如果牠們機靈點，應該把屋頂拆了。」一兩分鐘之後，牠們又忙了起來，愛麗絲聽見兔子說：「先來一車再說。」

「一車什麼？」愛麗絲想。但不用她多想，下一秒，雨點般的

小石子就劈里啪啦地從窗戶投進來，有些
正打在她臉上。愛麗絲想：「我得讓牠們
住手。」便大喊：

「你們最好別再扔了！」

這一喊又帶來一陣死寂。

愛麗絲驚奇地發現，小石子掉在地板上就變成了小蛋糕，一
個聰明的念頭出現在她腦中。「如果我吃一個這蛋糕，」她想，
「我的大小肯定又會變，既然我不可能再變大了，那肯定就會變
小，我覺得。」

於是她吞下一塊蛋糕，高興地發現自己馬上開始縮小了。當
她小到能走出門時，她跑出了房子，看到一大群小獸和小鳥守在
外頭，可憐的小蜥蜴比爾在中間，被兩隻天竺鼠扶著，餵牠喝一
個瓶子裡的東西。愛麗絲一露面，牠們就都衝了過來，她沒命地
跑，跑進一個茂密的樹林裡，很快發現自己安全了。

「我首先要做的事，」愛麗絲對自己說著，環顧樹林，「是恢
復我本來的大小，第二件事是想辦法去那個可愛的花園。我覺得
這是最好的計畫。」

聽起來絕對是個優秀的計畫，步驟也簡潔明瞭。唯一的難處
是，她完全不知道要怎麼著手進行。她在樹林裡發著愁左顧右
盼，突然頭頂上傳來一聲又尖又細的吠叫，她連忙抬頭看。

　　一隻巨大的小狗正睜著一雙大圓眼睛俯視著她，還輕輕伸出一隻爪子想要觸碰她。「可憐的小東西！」愛麗絲哄牠說，努力想對牠吹口哨，其實她心裡害怕極了，生怕小狗可能餓了，怎麼安撫牠，牠都還是會把她吃掉。

她無意中撿起一根小樹枝，朝小狗伸去，小狗立刻高興地尖叫一聲跳到了空中，撲向樹枝，要去咬住，愛麗絲躲到一棵大薊後面，免得被撞到。小狗從另一邊看見了她，又朝樹枝撲來，因為衝得太急，翻了個跟頭。愛麗絲覺得這簡直像是在跟一匹拉車大馬戲耍，隨時有可能被牠踏在腳下，便又繞到薊草後面。小狗對樹枝發起了一連串進攻：每次衝兩步，又退後一大截，一邊嘶聲叫個不停，最後牠在很遠的地方坐了下來，喘著氣，舌頭吐在外面，大眼睛瞇了起來。

　　愛麗絲覺得這是逃跑的好機會，便拔腿就跑，跑到實在跑不動、上氣不接下氣、狗叫聲也遠得聽不清了為止。

　　「不過，那隻小狗真挺可愛的！」愛麗絲靠在一株毛茛上歇著，拿一片葉子搧著風，說：「真想教牠玩些把戲，要是 —— 要是我有本來那麼大就好了！哎呀！我差點忘了必須讓自己變大！我想想 —— 要怎麼辦？我覺得應該吃點或者喝點什麼，不過最大的問題是：吃點喝點什麼呢？」

　　最大的問題顯然是「什麼」。愛麗絲打量著周圍的花花草草，看不出有什麼像是可以在這種情況下吃或喝的。她近旁長著一朵大蘑菇，差不多跟她一樣高，她先看看它的下面、兩側，再繞到後面看，忽然想起或許該看看它上面有什麼。

　　她伸長脖子，踮起腳尖，從蘑菇邊往上面看，一看就看到一條藍色的大毛毛蟲的眼睛跟她對視，牠坐在蘑菇頂上，手環抱在胸前，靜靜地抽著一桿長長的水煙，對她和其他任何事都漠不關心。

Chapter 05
毛毛蟲的建議

　　毛毛蟲和愛麗絲靜靜對望了好一陣子，最後毛毛蟲終於把水煙從嘴裡拿出來，慢吞吞、懶洋洋地朝她說話。

　　「妳是誰？」毛毛蟲問。

　　這不是一個令人愉快的開場白。愛麗絲有點畏縮地回答：「我……我現在也不知道，先生……起碼我今天早上起床的時候還知道我是誰，不過我想我在那之後變了好幾次。」

　　「妳在說什麼？」毛毛蟲冷冷地說，「解釋一下妳自己吧！」

　　「我恐怕解釋不了我自己，先生，」愛麗絲說，「因為我不是我自己，你知道的。」

　　「我不知道。」毛毛蟲說。

　　「我大概沒辦法說清楚，」愛麗絲很有禮貌地說，「因為，首先我自己也不明白，再說一天裡變了那麼多次不同的大小是很讓人困惑的。」

　　「並不會。」毛毛蟲說。

　　「嗯，也許你還沒體驗過那種感覺，」愛麗絲說，「但是當你不得不變成了一隻蛹——有朝一日你會的，你知道的——然後又變成蝴蝶，我認為你會覺得有點奇怪，不是嗎？」

「完全不會。」毛毛蟲說。

「好吧，也許你的感覺不一樣，」愛麗絲說，「我只知道，那會讓我覺得很奇怪。」

「妳嗎？」毛毛蟲輕蔑地說，「妳是誰？」

這讓他們的談話又回到了原點。毛毛蟲老是把話說得這麼短，讓愛麗絲有點惱火，她挺直了身子，板著臉說：「我覺得，你應該先告訴我你是誰。」

「為什麼？」毛毛蟲說。

這又是一個不好回答的問題，愛麗絲想不出什麼好理由，看毛毛蟲一副不好相處的樣子，她轉身就走。

「回來！」毛毛蟲在她身後喊，「我有重要的話要說！」

這當然讓人想聽聽。愛麗絲又轉回來。

「控制妳的脾氣。」毛毛蟲說。

「就這句？」愛麗絲說，盡量壓住火氣。

「還有。」毛毛蟲說。

愛麗絲想反正沒別的事，不妨等一等，說不定牠會說出些值得聽的話。但牠又抽起了水煙，什麼也不說，過了好一會兒才伸開抱在胸前的手，從嘴裡拿出水煙，說：「所以妳覺得自己變了，是嗎？」

「我看是的，先生，」愛麗絲說，「我不記得我以前記得的事了，而且同樣的尺寸都保持不到十分鐘！」

「妳不記得什麼了呢？」毛毛蟲說。

「嗯，我想背〈忙碌的小蜜蜂〉，但背出來的全都不一樣！」
愛麗絲憂愁地說。

「背首〈威廉爸爸你老了〉。」毛毛蟲說。

愛麗絲雙手交疊，開始背了起來：

「——威廉爸爸你老了，
　　　頭髮變得非常白，
　　卻還總是倒立著，
　　　這把年紀適合嗎？」

「——我年輕時挺擔心，
　　　這樣做會傷腦子，
　但我現在沒腦子，
　　　倒立著特開心。」

「——我剛說過你老了，
　　　很是發了不少福；
　卻在門口翻跟斗，
　　　何來這等好身手?」

「賢者晃著銀絲飄，
　　　——我年輕時四體靈，
　靠塗一種好藥膏，
　　　你要賣你兩先令。」

「——老了只能咬肥肉，
　　　但你吃了整隻鵝，
　一根骨頭都不剩，
　　　你哪來的能耐呀？」

「——我年輕時愛講理，
　　　事事都和老婆辯，
　練得口齒特強健，

　　　　　　一輩子受用不盡。」

　　「——老了怕是眼昏花，
　　　　　但你全不在話下，
　　　鼻子上頭頂鱔魚，
　　　　　怎樣才能恁機靈？」

　　「——問題我都答了仨，
　　　　　到此為止別來勁，
　　　不能聽上一整天，
　　　　　當心把你踢下樓！」

　　「背得不對啊。」毛毛蟲說。

　　「我覺得是不大對，」愛麗絲心虛地說，「有些字句改變了。」

　　「從頭到尾都是錯的。」毛毛蟲斷然說。說完又安靜下來。

　　過了幾分鐘，毛毛蟲先開口。

　　「妳想變多大？」牠問。

　　「我也不一定要多大，」愛麗絲連忙回答，「只是，你知道的，人不喜歡老是變來變去。」

　　「我不知道。」毛毛蟲說。

　　愛麗絲不作聲了，她從小到大還沒這樣老是被唱反調，就快要發脾氣了。

「那妳現在滿意嗎？」毛毛蟲說。

「呃，我想稍微再大一點，先生，要是你不介意，」愛麗絲說，「三英寸實在是小得有點可憐。」

「三英寸好得很！」毛毛蟲生氣地說，邊說邊挺直身子豎了起來（牠就是三英寸高）。

「但我不習慣啊！」可憐的愛麗絲哀聲申辯說，心想：「真希望動物們別那麼容易被冒犯！」

「久了就習慣了。」毛毛蟲說著把水煙放進嘴裡又抽了起來。

愛麗絲這次耐心地等牠再自己開口。過了一兩分鐘，毛毛蟲把水煙從嘴邊拿開，打了一兩個哈欠，抖了抖身子，然後爬下了蘑菇，緩緩爬進草叢，走的時候只說了一句話：

「一邊讓妳變大，

另一邊讓妳變小。」

「什麼的一邊？什麼的另一邊？」愛麗絲想。

「蘑菇的。」毛毛蟲彷彿能聽到她的問題，說完就爬不見了。

愛麗絲沉吟著看了一會兒蘑菇，想要搞清楚哪裡算是它的兩邊，它完全是個圓的，她發現這是個難題。最後，她環著蘑菇邊緣盡力伸長雙臂，從兩邊各掰了一小塊下來。

「那麼哪個是哪邊的？」她想。先咬了一點點右手的試試效果。下一秒她的下巴就重重地撞到了東西，原來是碰到了腳！

變化突如其來，令她大驚，但她感到刻不容緩，因為她還在急縮，她趕緊吃下另一塊蘑菇。下巴緊貼著腳，嘴幾乎張不開，不過她還是勉強張開，吃下一小塊左手拿的蘑菇。

「好極了，我的頭又能動了！」愛麗絲說，但她的高興很快變成了驚慌，因為她發現她的肩膀不見了，她往下看，只能看見一條長極了的脖子，像一枝莖梗從下方很遠一片綠葉的海洋裡面伸出來。

「那些綠色的東西是什麼？」愛麗絲說，「我的肩膀到哪裡去了？還有我可憐的手啊，我怎麼看不見你們啦？」她說話時動了動手，但還是什麼也沒看見，只有遠處的綠葉稍有些晃動。

看來她沒辦法把手舉到頭上來，所以她把頭彎下去找它們。她高興地發現她的脖子可以靈巧地朝任意方向彎曲，就像條蛇。她把脖子彎成一個優美的「之」字形，探進樹葉間，就是她剛才所在的那棵樹的樹梢，一陣尖銳的嗖嗖聲讓她趕忙縮回頭——一隻大鴿子撲向了她的臉，用翅膀猛烈地撲打她。

「蛇！」

鴿子尖叫。

「我不是蛇！」愛麗絲憤怒地說，「走開！」

「蛇，我就要說！」鴿子重複說，但聲調低了些，還帶著哭腔補充說，「我什麼辦法都試過了，都防不了牠們！」

「我一點也聽不懂你在說什麼。」愛麗絲說。

「我在樹根、河岸和樹籬下都試過，」鴿子不理她，繼續說，「但那些蛇！不讓人好過！」

愛麗絲愈聽愈糊塗，不過她覺得在鴿子說完之前自己說什麼都沒用。

「好像孵蛋還不夠麻煩似的，」鴿子說，「還得提防蛇，日日夜夜！唉，這三個星期我都沒闔過眼！」

「你這麼煩惱我也很難過。」愛麗絲說，她開始明白牠的意思了。

「我剛選了棵最高的樹，」鴿子繼續說，嗓門愈來愈高，又成了尖叫，「我剛以為我終於能擺脫牠們了，牠們又彎彎曲曲從天而降！呃，蛇！」

「但我不是蛇，我告訴你！」愛麗絲說，「我是 —— 我是——」

「好嘛，妳是啥？」鴿子說，「我看妳再胡扯呀！」

「我是一個小女孩。」愛麗絲想到一天裡自己變了那麼多次，說起來有點遲疑。

「編得還真像哦！」鴿子十分鄙夷地說，「我這輩子見過很多小女孩，還沒見過一個脖子長成那樣的！不，不！妳是蛇，否認也沒用。我想妳接下來要告訴我，妳從來沒吃過蛋！」

「我當然吃過蛋，」愛麗絲說，她是個很誠實的小孩，「小女孩吃的蛋幾乎和蛇吃的一樣多，你知道的。」

「我不信，」鴿子說，「不過假如小女孩吃那麼多蛋，我只能說，那她們就是一種蛇。」

這種說法對愛麗絲而言還真是新穎，於是她沉默了一會兒。鴿子趁機又加了一句：「妳在找蛋，我很清楚。妳是小女孩還是蛇，我不在乎。」

「我在乎啊，」愛麗絲急忙說，「但事實上我不是在找蛋，就算要找，我也不要你的，我不吃生蛋的。」

「那就快走！」鴿子氣鼓鼓地說，又飛回窩裡坐下。愛麗絲盡其所能地往樹林裡蹲下，她的脖子老是纏在樹枝間，她不得不一再停下來把它解開。過了一會兒她想起她手裡還拿著蘑菇，就小心翼翼地吃起來，這邊咬一點點，那邊咬一點點，一會兒變高，一會兒變矮，最後終於變回了往常的身高。

　　她的身材已經好久沒那麼正常了，一開始還感覺有點怪，過了幾分鐘就適應了，又像平常那樣自己說起話來：「好啦，我的計畫完成一半了！這麼的變大變小，真讓人困惑！我永遠不曉得我下一分鐘會變成什麼樣子！不管怎樣，我總算回到我的標準大小了，下一步該去那個美麗的花園了——就是不知道怎麼去？」說著說著，她忽然來到了一個空曠的地方，有一座約莫一百二十公分高的小房子。「不管裡面住著誰，」愛麗絲想，「我現在這樣的大個頭是不行的，會把他們嚇個半死！」她便又吃右手裡的蘑菇，等縮到二十三公分高，才敢往那座房子走去。

Chapter 06

小豬和胡椒

　　愛麗絲看著房子站了一兩分鐘，想著接下來該怎麼辦，突然一個穿制服的侍從跑出了樹林（她認為他是侍從是因為他穿著制服，否則光看臉，她會稱之為魚），大聲敲門。另一個穿制服的侍從開了門，圓臉、大眼睛，像隻青蛙，愛麗絲注意到，兩個侍從都戴著撒了髮粉的捲曲假髮。

　　她很好奇，想知道是怎麼回事，就輕手輕腳地走出樹林聽他們說話。

　　魚侍從拿出手臂夾著的一封幾乎有牠自己那麼大的信，交給蛙侍從，鄭重地說：「致公爵夫人。皇后邀請打槌球。」蛙侍從以同樣鄭重的語氣重複了一遍，只是稍微顛倒了幾個詞：「皇后來函。公爵夫人獲邀打槌球。」

　　二人一齊深鞠一躬，假髮纏在了一起。

　　愛麗絲見此情形忍不住笑出聲來，於是趕緊跑回樹林免得被牠們聽到。當她再往外看時，魚侍從已經走了，蛙侍從坐在門邊地上，呆望著天空。

　　愛麗絲怯生生地走到門口，敲了敲門。

　　「敲門沒用，」侍從說，「有兩個原因，首先，因為我和妳一樣在門外面，再說，他們在裡面很吵，沒人聽得到妳。」裡頭確

實鬧得厲害：哭號和噴嚏不斷，像碟子或砂鍋被打碎的聲響此起彼伏。

「那請問，」愛麗絲說，「我怎樣才能進去？」

侍從不答話，而是接著說：「要是門在妳和我之間，妳敲門可能還有點用。比如說，假如妳在裡面，妳敲門，我就可以放妳出來，妳知道的。」牠說話時一直望著天，愛麗絲覺得牠這樣很沒禮貌。「不過也許牠沒辦法，」她對自己說，「牠的眼睛基本上是長在頭頂上。不過，不管怎麼說牠應該回答問題呀。—— 我怎樣才能進去？」她又大聲問了一遍。

「我會坐在這裡，」侍從說，「直到明天——」

這時房子的門開了，一只大盤子朝著侍從的頭直飛過來，擦過牠的鼻子，在牠身後的一棵樹上砸得粉碎。

「—— 或者後天，說不定。」侍從若無其事，用一樣的聲調說。

「我怎樣才能進去？」愛麗絲更大聲地又問了一遍。

「妳可以進去嗎？」侍從說，「妳看，這才是第一個問題。」

的確，說得沒錯，只是愛麗絲不喜歡別人這樣挑明。「真討厭，」愛麗絲小聲嘀咕，「這些動物都那麼好辯了，能把人逼瘋！」

侍從似乎認為這是稍加變化重申主張的好機會。「我會時不時坐在這裡，」牠說，「一天又一天。」

「那我幹什麼呢？」愛麗絲說。

「隨妳便。」侍從說著，吹起了口哨。

「噢，跟牠說話沒用，牠是個徹頭徹尾的白痴！」愛麗絲說

著，便直接開門走了進去。

　　一進門是個大廚房，滿屋子煙霧瀰漫，公爵夫人坐在中央的三腳凳上抱著一個嬰兒，廚師俯身攪拌爐火上一口似乎盛滿湯的大鍋。

　　「湯裡的胡椒一定放得太多了！」愛麗絲對自己說，一面噴嚏連連。

　　空氣裡的胡椒真的太多了。連公爵夫人都不時打噴嚏，嬰兒更不用說了，又是打噴嚏又是哭號，簡直沒一刻停歇。廚房裡只有兩個不打噴嚏的，一個是廚師，還有就是一隻很大的貓，趴在灶臺上露齒而笑，嘴角一直咧到耳邊。

　　「能不能請妳告訴我，」愛麗絲不確定她先開口說話是否符合禮儀，「妳的貓為什麼那樣咧著嘴笑？」

　　「牠是柴郡貓，」公爵夫人說，「這就是為什麼。豬啊！」

　　她突然很凶地說了最後那個字，嚇得愛麗絲差點跳起來，不過她隨即發現那不是對她，而是對嬰兒說的，便鼓起勇氣又問：

　　「我不知道柴郡貓會一直笑，說真的，我不知道貓會笑。」

　　「貓都會笑，」公爵夫人說，「而且大多數平時都會笑。」

　　「我一隻會笑的貓也不認識。」愛麗絲很有禮貌地說，她很高興能打開話題。

　　「說真的，妳見識太少。」公爵夫人說。

　　愛麗絲一點也不喜歡這種口氣，覺得還是換個話題好了。她正琢磨著要說什麼，廚師把那鍋湯端下爐火，緊接著就把手邊拿得到的每件東西都擲向公爵夫人和嬰兒──先是火鉗，接著是劈頭蓋臉的平底鍋、盤子、碟子。公爵夫人即便被打到了也不以為意，而嬰兒本來就已經嚎咷大哭得很厲害，也不太分得出有沒有被砸疼。

　　「哎！拜託注意點！」愛麗絲叫道，嚇得直跳腳，「啊，他的寶貝鼻子完了！」一只特大的平底鍋貼著嬰兒的鼻子飛過，差點把鼻子削掉。

　　「要是每個人都能注意自己的那點事，」公爵夫人嘶啞地嘟囔說，「地球都能轉快一點。」

　　「地球轉得快沒什麼好處，」愛麗絲說，她很高興有機會賣弄一下她的知識，「想想看，那會把白天和晚上弄成什麼樣啊！妳看，地球自轉一圈要二十四個鐘頭──」

「說到送終的斧頭，」公爵夫人說，「砍了她的頭！」

愛麗絲緊張地看了一眼廚師，看她有沒有要執行命令的意思，廚師正忙著攪湯，看上去沒在聽，於是她又繼續說：「二十四小時，我想。要麼是十二小時？我……」

「噢，別煩我，」公爵夫人說，「我最受不了數字！」說著唱起一首類似搖籃曲的歌又哄起孩子來，每句唱完都用力搖晃他一下。

別對小孩太客氣，

他打噴嚏就揍他，

他就為了惹煩你，

存心氣你尋開心。

合唱（廚師和嬰兒加入）：

哇！哇！哇！

公爵夫人唱到第二段，不停地把嬰兒用力拋上拋下，可憐的小東西嚎啕大哭，愛麗絲幾乎聽不清歌詞：

我對小孩很嚴厲，

他打噴嚏就揍他，

讓他好好嘗個夠，

胡椒那種辣味道！

合唱：

哇！　哇！　哇！

「來吧！如果妳願意，就照顧一下他吧！」公爵夫人對愛麗絲說著，把嬰兒朝她拋了過來，「我要去準備跟皇后打槌球了。」她匆匆走出房間，廚師朝她背後扔了一只煎鍋，但沒打中。

她不太會抱嬰兒，因為那是個奇形怪狀的小生物，手腳亂伸。「就像隻海星。」愛麗絲想。她抱著他的時候，這可憐的小東西像蒸汽機那樣哼哧哼哧，還不停亂扭亂蹬，剛開始一會兒她簡直有點抱不住他。

後來她找到了抱他的辦法（就是把他像打結一樣扭成一團，抓緊他的右耳和左腳，他就掙脫不開了），把他抱到屋外。「如果我不帶這個小孩走，」愛麗絲想，「不出一兩天他們一定會把他弄死。不帶他走算謀殺嗎？」她把最後一句話說出了聲，小東西哼哼了兩聲作答（這時他已經不打噴嚏了）。「別哼哼，」愛麗絲說，「意見根本不是這樣表達的。」

嬰兒又哼了一聲，愛麗絲不安地看著他的臉，想知道他是怎麼了。

毫無疑問，他有一個朝天鼻，與其說是人的鼻子，更像是豬鼻，作為嬰兒，眼睛也特別小，總之愛麗絲一點也不喜歡他的長相。「不過，說不定是因為哭的關係。」愛麗絲想，又去看他眼裡有沒有淚水。

沒有，沒眼淚。「如果你變成豬，乖乖，」愛麗絲嚴肅地說，「我就不理你了。聽見嗎？」

可憐的小東西又抽泣了一下（也可能是哼咻，很難分得清），他們安靜地走了一會兒。

愛麗絲開始思索著：「這下，回家的時候帶著這傢伙該怎麼辦？」他又大聲哼了哼，她連忙低頭看他的臉。這回錯不了了，他不折不扣是隻豬，她覺得再繼續抱著未免荒唐。

於是她把牠放下，看著牠很快跑進樹林，不由得鬆了一口氣。她對自己說：「牠長大會是個很醜的小孩，不過卻能當頭俊俏的豬，我想。」她繼而把她認識的小孩想了一遍，想想誰當豬會比較好看，正想到「要是誰知道怎麼讓他們變成豬」時，突然看見柴郡貓坐在不遠處的樹枝上，嚇了一跳。

貓見到愛麗絲只是咧嘴笑。她想：牠看起來很和氣，可是牠有長長的爪子、許許多多牙齒，還是應該對牠尊敬些。

「柴郡貓咪。」她戰戰兢兢地開口說，因為她真不知道牠喜不喜歡這名字。不過，牠笑得嘴咧得更開了。「好

的，目前牠心情還不錯。」愛麗絲想，就接著說：「能請你告訴我，我該往哪條路走嗎？」

「那得看妳要去哪裡啊。」貓說。

「我也不一定要去哪裡——」愛麗絲說。

「那妳走哪條路都無所謂啊。」貓說。

「——只要能到一個地方。」愛麗絲補了一句來解釋。

「只要妳走得夠遠，」貓說，「就肯定能走到一個地方啊。」

愛麗絲覺得這話倒也對，就試著換個問法：「這附近住著什麼樣的人？」

「那邊，」貓揮了揮右爪說，「住著一個帽匠。」又揮揮另一隻爪子：「那邊住著三月兔。隨便你去找哪個，反正都是瘋的。」

「可我不想到瘋子堆裡去。」愛麗絲說。

「哦，那妳沒辦法，」貓說，「在這裡的都是瘋的。我是瘋的。妳也是瘋的。」

「你怎麼知道我是瘋的？」愛麗絲說。

「妳肯定瘋了，」貓說，「不然不會來這裡啊。」

愛麗絲一點也不覺得那能證明她瘋了，不過還是繼續問：「那你怎麼知道你是瘋的？」

「首先，」貓說，「狗不是瘋的，妳同意嗎？」

「我同意吧。」愛麗絲說。

「好，那麼，」貓接著說，「妳看，狗生氣的時候就吠叫，開心的時候搖尾巴。而我開心的時候吠叫，生氣的時候搖尾巴。所以我是瘋的。」

「我管那叫呼嚕呼嚕，不是吠叫。」愛麗絲說。

「隨便妳喜歡叫什麼，」貓說，「妳今天要和皇后打槌球嗎？」

「我很想，」愛麗絲說，「但我還沒被邀請。」

「妳會在那裡見到我的。」貓說完就消失了。

愛麗絲沒太吃驚，她已經見怪不怪了。當她還看著剛才貓在的地方時，貓又突然出現了。

「對了，那個嬰兒怎麼了？」貓說，「我差點忘了問。」

「牠變成豬了。」愛麗絲很平靜地回答，彷彿貓回來得很自然。

「我就知道。」貓說著又不見了。

愛麗絲等了一會兒，覺得牠可能還會出現，但沒有，過了一兩分鐘，她往據說是三月兔住的方向走去。「我以前見過帽匠，」她對自己說，「三月兔應該更有意思，而且現在是五月，說不定牠會沒那麼瘋——至少沒三月的時候瘋。」她說著，抬頭又看見了貓坐在樹枝上。

「妳剛才說的是『豬』還是『書』？」貓問。

「我說『豬』，」愛麗絲答，「希望你出現和消失得別那麼快，讓人眼好花啊！」

「好吧。」貓說。這次牠消失得很慢，先從尾巴尖開始，最後是牠的笑，在別的部分都消失之後，還獨自在空中停留了一會兒。

「好吧！不帶笑的貓我見多了，」愛麗絲想，「但是不帶貓的笑，真是有生以來見過的最奇怪的事！」

她沒走多遠就看見了三月兔的房子。她確信是那房子，因為它煙囪的形狀像長耳朵，屋頂鋪著毛皮。房子很大，她先咬了些左手裡的蘑菇，長到了六十公分左右，才走過去，但還是有點提心吊膽，對自己說：「要是牠瘋得厲害怎麼辦？我真希望我是去找帽匠的！」

Chapter 07

瘋茶會

　　房前有棵大樹，樹下有張桌子，
三月兔和帽匠正坐在那裡喝茶，一
隻睡鼠在他們中間呼呼大睡，兩
人把牠當墊子，手臂枕著牠，
越過牠的頭聊天。「睡鼠真
不舒服，」愛麗絲想，
「不過牠睡著了，大
概也不在意。」

·92·

　　桌子很大，三人卻擠在一角。「沒位子了！沒位子了！」他們看見愛麗絲過來就大叫。

　　「有的是位子！」愛麗絲忿忿地說，在桌子一頭的大扶手椅上坐下。

　　「喝點酒吧。」三月兔招呼說。

　　愛麗絲往桌上一看，只有茶，別的什麼都沒有，就說：「我沒看見有酒。」

　　「是沒有。」三月兔說。

　　「沒酒還請人家喝，真沒禮貌啊。」愛麗絲生氣地說。

　　「沒人請就坐下來，也不怎麼有禮貌啊。」兔子說。

　　「我不知道這是你們的桌子，」愛麗絲說，「它可以容納遠遠不止三個位子。」

　　「妳該剪頭髮了。」帽匠說。他已經好奇地看了一會兒愛麗絲了，現在才開口。

　　「你應該學學不要人身攻擊，」愛麗絲板著臉說，「很粗魯。」

　　帽匠睜大了眼睛聽著，卻只說了一句：「為什麼烏鴉像書桌？」

　　「好啊，好玩的來了！」愛麗絲想，「真高興他們開始出謎語——我一定能猜出來。」她大聲說。

　　「妳的意思是妳覺得妳能回答嗎？」三月兔說。

　　「沒錯。」愛麗絲說。

　　「妳應該說出妳所想的。」三月兔又說。

　　「我說了呀，」愛麗絲急著說，「至少——我說的就是我所想的——不都一樣嗎？你知道的。」

　　「才不一樣呢！」帽匠說，「妳這等於說，『我看見我吃什麼』和『我看見什麼就吃』是一樣的！」

　　「妳這等於說，『我喜歡我得到的』和『我得到我喜歡的』是

一樣的！」三月兔添上一句。

「妳這等於說，『我睡覺時都在呼吸』和『我呼吸時都在睡覺』是一樣的！」睡鼠也添上一句，好像在說夢話。

「對妳來說倒是一樣的。」帽匠說。對話在這裡停住，大家沉默地坐了一會兒，愛麗絲搜腸刮肚地想烏鴉和寫字桌有什麼關聯，可是想不出來。

帽匠先打破沉默，他問愛麗絲：「今天是幾號？」又從口袋裡掏出錶，不安地看著，搖一搖，湊到耳邊聽。

愛麗絲想了想說：

「四號。」

「錯了兩天，」帽匠歎氣說，

「我跟你說過加奶油沒用！」

他說著，生氣地看著三月兔。

「那是最好的奶油。」三月兔老老實實地說。

「是啊，不過肯定有麵包屑掉進去了，」帽匠嘟囔
著說，「你不該用麵包刀加油的。」

三月兔沮喪地拿過錶來看，把它放在茶杯裡浸了一下再看看，想不出別的話來，說：「那是最好的奶油，你知道的。」

　　愛麗絲好奇地從他肩後張望，「好有趣的錶！」她說，「有日期卻沒時間！」

　　「幹麼要有？」帽匠嘟嘟囔囔，「難道妳的錶上有年分嗎？」

　　「當然沒有啊，」愛麗絲立刻回答，「因為同一年可以過很久呢。」

　　「分鐘對我來說也是這樣。」帽匠說。

　　愛麗絲被搞糊塗了。帽匠說的每個字她都知道，卻聽不懂他在說什麼。「我不大明白你的意思。」她盡可能禮貌地說。

　　「睡鼠又睡著了。」帽匠說著，在牠鼻子上倒了一點熱茶。

　　睡鼠不耐煩地搖搖頭，眼都不睜地說：「是啊是啊，我也想這麼說。」

　　「妳猜出謎語了嗎？」帽匠又轉向愛麗絲。

　　「沒，我放棄了，」愛麗絲說，「答案是什麼？」

　　「我壓根不知道。」帽匠說。

　　「我也不知道。」三月兔說。

　　愛麗絲疲乏地歎了口氣說：「比起浪費時間問沒答案的問題，我覺得你們應該用它來做點更好的事。」

　　「如果妳跟時間有我跟它這麼熟，妳就不會說『用它來做』，而是『和它一起做』了。」帽匠說。

　　「我不懂你的意思。」愛麗絲說。

　　「妳肯定不懂啊！」帽匠說，漫不經心地揚起頭，瞧不起似的，「我看妳從來沒跟時間說過話吧！」

　　「也許是沒有，」愛麗絲謹慎地回答，「但音樂課的時候我知

道得按時間來打拍子。」

「啊！問題就在這裡，」帽匠說，「它討厭人家拍它。要是妳跟它相處得好，它會讓鐘按妳的意思走。比如說，假設現在是早上九點，該上課了，妳悄悄跟時間打個招呼，鐘就飛快地轉起來！一下子就一點半了，可以吃飯了！」

（「我只希望現在就是吃飯時間了。」三月兔兀自低語。）

「那當然很棒，」愛麗絲沉思道，「不過那時我還沒餓，你知道的。」

「一開始妳可能是還不餓，」帽匠說，「但妳能讓鐘一直停在一點半，想停多久停多久。」

「你都是這麼做的？」愛麗絲問。

帽匠傷心地搖搖頭說：「我沒有！」他說，「我們今年三月鬧翻了 —— 就在牠發瘋之前，妳知道的 —— 」（用茶匙指著三月兔）「—— 紅心皇后舉辦的盛大音樂會上，我唱了：

『一閃一閃傻乎乎，滿天都是小蝙蝠。』

妳知道這首歌吧？」

「我聽過跟這差不多的。」愛麗絲說。

「妳看，它接下來是，」帽匠接著說，「這樣——

『飛在天上真迷糊，好像茶盤漫天舞。一閃一閃……』」

這時睡鼠動了一下，在睡夢中唱起來：「一閃一閃一閃一，一閃一閃一閃一……」一直唱下去沒個完，他們只好掐了牠一下讓牠打住。

「結果，我第一節還沒唱完，皇后就跳起來大喊：『他在謀殺時間！砍了他的頭！』」

「好殘忍！」愛麗絲驚呼。

「從那以後，」帽匠悽楚地接著說，「它再也不理我的請求了！現在一直是六點。」

愛麗絲忽然明白了，問：「所以桌上才會擺了那麼多套茶具？」

「是的，就是這樣，」帽匠歎著氣說，「一直都是喝茶時間，沒時間洗。」

「你們就一直繞著桌子換位子，對嗎？」愛麗絲說。

「對，」帽匠說，「杯盤用髒了就往旁邊挪個位子。」

「那轉完一圈坐回一開始的位子了怎麼辦呢？」愛麗絲鼓起勇氣問。

「我們換個話題吧，」三月兔打著哈欠插嘴進來，「我都聽煩了。我提議請這位年輕小姐給我們講個故事。」

「我沒故事可講。」愛麗絲一聽有點慌。

「那讓睡鼠講！」那兩人都說，他們一起擰睡鼠，喊牠，「醒醒，睡鼠！」

睡鼠慢慢睜開眼睛，有氣無力地啞啞地說：「我沒睡著，你們說的話我都聽到了。」

「講個故事給我們聽吧！」三月兔說。

「是啊，講吧！」愛麗絲請求說。

「而且要講得快一點，」帽匠說，「不然你還沒講完又要睡著了。」

「從前有三個小姊妹，」睡鼠忙不迭地開了頭，「叫做愛絲麗、麗愛絲和絲愛麗，她們住在井底下——」

「她們吃什麼？」對吃喝問題總是很有興趣的愛麗絲說。

「她們吃糖漿。」睡鼠想了一下說。

「那可不行，你知道的，」愛麗絲輕輕說，「她們會生病的。」

「她們是生病了，」睡鼠說，「病得很重。」

愛麗絲想像了一下過那種不同尋常的生活是什麼感覺，但很難想像，於是她又問：「那她們為什麼住在井底呢？」

「再多喝點茶。」三月兔很誠摯地對愛麗絲說。

「我一點茶都還沒喝呢，」愛麗絲不開心地說，「怎麼『再多喝點』啊。」

「妳沒喝，所以再『少』喝點是不可能，再『多』喝點很容易啊。」帽匠說。

「沒人問你的意見。」愛麗絲說。

「現在是誰在做人身攻擊啊？」帽匠覺得自己贏了。

愛麗絲無言以對，就自己倒了

茶，吃了兩口塗奶油的麵包，再向睡鼠問了剛才的問題：「她們為什麼住在井底呢？」

睡鼠又想了一下說：「那是口糖漿井。」

「哪有這種井啊！」愛麗絲很氣，剛要發作，帽匠和三月兔都發出「噓！噓！」的聲音，睡鼠也不高興地說：「要是妳不好好聽，接下來的故事妳就自己講。」

「啊不，請繼續！」愛麗絲恭順地說，「我再也不打斷你了。應該是有那種井的。」

「就是有啊！」睡鼠憤憤不平地說，不過牠還是繼續說下去，「這三個小姊妹，她們在學打──」

「她們打什麼？」愛麗絲忘了剛才的保證，又說。

「打糖漿。」睡鼠這次回答得很快。

「我想要個乾淨杯子，」帽匠插嘴說，「我們坐過去一個位子吧。」

他說著坐到了旁邊，睡鼠跟著他，三月兔坐到了睡鼠的位子上，愛麗絲很不情願地坐到三月兔的位子上。這麼挪一下只有帽匠得益，愛麗絲比原來慘多了，因為三月兔剛剛打翻了牛奶。

愛麗絲不想再惹睡鼠生氣，斟酌著說：「但我不明白，她們從哪裡打糖漿？」

「可以從水井裡打水，」帽匠說，「那麼就能從糖漿井裡打糖漿──是吧，傻不傻？」

「但她們本身在井裡呀。」愛麗絲不理他最後那句，對睡鼠說。

「是啊，她們是在深井裡，」睡鼠說，「井深處。」

可憐的愛麗絲聽糊塗了，只好讓睡鼠繼續說下去，沒有打斷牠。

「她們在學著打，」睡鼠說，牠睏得不停地打哈欠、揉眼睛，「打各種東西——都是『M』開頭的——」

「為什麼是『M』開頭的？」愛麗絲說。

「為什麼不是啊？」三月兔說。

愛麗絲不作聲了。

這時睡鼠已經閉上了眼，正要打瞌睡，帽匠掐了牠一下，牠「哎喲」了一聲轉醒，接著說：「——『M』打頭的東西，比如墨汁、滿月、祕密、馬虎眼——你們知道我們會說『打馬虎眼』——你們見過『馬虎眼』長什麼樣嗎？」

「真的，你不問，我真沒想過……」愛麗絲困惑地說。

「沒想就別說。」帽匠說。

愛麗絲再也受不了這種粗魯的態度了，她憤然起身離席。睡鼠立刻又睡著了，另外兩個根本沒注意她。愛麗絲回頭看了一兩次，希望他們會叫住她。她最後一次回頭看時，看到他們正把睡鼠往茶壺裡塞。

「無論如何我再也不去那裡了！」愛麗絲在林中尋路時說，「這是我這輩子去過的最蠢的茶會！」

她正說著，看見一棵樹上開著一扇門。「真奇怪！」她想，「不過，今天樣樣事情都奇怪。我覺得我現在就可以進去看看。」於是她進去了。

她再次發現自己在那個狹長的大廳裡，旁邊就是那張小玻璃桌。「這次我會好好地做。」她對自己說，然後拿起那把小金鑰匙，打開那扇通往花園的門。然後她吃了一點蘑菇（先前她留了一小塊在口袋裡），直到縮成約三十公分高，穿過小通道，終於來到美麗的花園裡，置身於鮮豔的花圃和清涼的噴泉之間。

Chapter 08
皇后的槌球場

　　花園入口附近立著一棵大玫瑰樹，開著白花，可是有三個園丁正忙著把它塗成紅色。愛麗絲覺得很奇怪，就走過去看，就在她走近時，她聽見他們中的一個說：「當心點，黑桃五！別把顏料濺到我身上！」

　　「我沒辦法，」黑桃五慍怒地說，「是黑桃七撞了我手肘。」

　　黑桃七聽了抬頭說：「沒錯，黑桃五！都是別人的錯！」

　　「你閉嘴！」黑桃五說，「我聽到皇后昨天還說你該被砍頭。」

　　「為什麼？」第一個說話的人說。

　　「不關你的事，黑桃二！」黑桃七說。

　　「不是噢，關他的事呢！」黑桃五說，「我要告訴他，因為黑桃七把鬱金香球莖當成洋蔥拿給廚師了。」

　　黑桃七把刷子一扔，說：「喔，天下所有不公不義的事情中——」瞟到了正看著他們的愛麗絲，馬上住了口。其餘兩人也轉過頭來，三人都深深鞠了一躬。

　　「請問，」愛麗絲有點膽怯地說，「你們為什麼要給玫瑰塗顏色？」

　　黑桃五和黑桃七沒說話，看著黑桃二。黑桃二低聲說：「那個，實際上，妳看，小姐，這裡應該有棵紅玫瑰樹，我們錯種了一棵開白花的，要是皇后發現了，我們都會掉腦袋，妳知道的。

所以妳看，小姐，我們正在想辦法，趁她還沒來，把——」正在這時，一直焦灼地望著花園遠處的黑桃五驚呼：「皇后！皇后！」三人立刻臉朝下趴在地上，接著傳來紛遝的腳步聲，愛麗絲扭頭張望，想看看皇后。

首先走過來的是十個手拿棍棒的士兵，他們的身形都像那三個園丁一樣，是扁扁的長方形，手腳長在四個角上。接著是十名大臣，渾身裝飾著方塊圖案，像士兵一樣，兩兩並排走。再後面是王室小孩，一共十個，這些小可愛手拉著手，一對一對，愉快地**蹦蹦跳跳地**過來，身上都是紅心圖案。後面來的是賓客，大多是國王和皇后。愛麗絲在他們中間看見了白兔，牠正殷切緊張地應酬著，說什麼都陪著笑，經過時並沒有看見她。接著走來的是紅心傑克，捧著深紅色的墊子，上頭放著國王的王冠。龐大的隊伍最末，紅心國王和紅心皇后駕到。

愛麗絲不知道要不要像那三個園丁一樣趴下來，不過她也不記得聽說過遇見巡遊時有這樣的規矩。「再說，要是人都趴下來臉朝下看不見，那還有什麼好巡遊的。」所以她就站著不動。

隊伍走到愛麗絲面前，全都停下來看她，皇后厲聲向紅心傑克

問：「這是誰？」紅心傑克只是彎著腰，答以微笑。

「白痴！」王后不耐煩地搖搖頭說，轉向愛麗絲問：「小孩，妳叫什麼名字？」

愛麗絲彬彬有禮地說：「回稟陛下，我叫愛麗絲。」卻又對自己說：「他們不過是副紙牌而已，我不用怕他們！」

「那又是誰？」皇后指著玫瑰樹下趴成一圈的三個園丁說，因為他們面朝下趴著，背上的圖案和其他人的一模一樣，她看不出那是園丁、士兵、大臣，還是她自己的三個孩子。

「我怎麼知道？」愛麗絲說，大膽得自己都有點吃驚，「又不關我的事。」

皇后氣得滿臉通紅，像野獸般瞪了她一會兒之後大吼道：

「砍掉她的頭！ 砍掉——」

「胡說八道！」愛麗絲語氣堅定地大聲說，皇后馬上安靜下來。

國王把手放在她的手臂上，畏畏縮縮地說：「親愛的，考慮一下，她只是個孩子！」

皇后生氣地扭開頭，對紅心傑克說：「把他們翻過來！」

紅心傑克用一隻腳小心地把他們翻過身來。

「起來！」皇后尖聲大叫，三個園丁馬上跳起來，向國王、皇后、王子、公主和其他人不停鞠躬。

「快停下來！」皇后尖叫，「把我的頭都弄暈了。」她轉向玫瑰樹，又問：「你們剛才在這裡幹什麼？」

「回稟陛下，」黑桃二單膝跪下、十分恭順地說，「我們正——」

「我懂了！」一直在查看玫瑰的皇后說，「砍掉他們的頭！」巡遊繼續前行，三個士兵留下來處決這三個倒楣的園丁，園丁跑到愛麗絲身邊尋求保護。

「你們不會被砍頭的！」愛麗絲說著，把他們藏到身邊的大花盆裡。三個士兵四處找了一會兒，沒找到，就悄悄追趕巡遊隊伍而去。

「他們的頭都砍掉了嗎？」皇后大聲問。

「回稟陛下，他們的頭都不見了！」士兵大聲回答。

「很好！」皇后大聲說，「妳會打槌球嗎？」

士兵不作聲，看著愛麗絲，因為這問題顯然是問她的。

「會！」愛麗絲大聲說。

「那來吧！」皇后高喊。愛麗絲加入了他們的行列，不知道接下來會發生什麼事。

「今——今天天氣真好啊！」身邊傳來一個怯懦的聲音。白兔正與她並排走著，急切地偷瞄她的臉。

「是很好，」愛麗絲說，「公爵夫人呢？」

「噓！噓！」兔子急忙低聲說，緊張地往後看看，踮起腳尖，湊到她耳邊很小聲地說，「她被判了死刑。」

「為什麼？」愛麗絲說。

「妳是說『好可惜』嗎？」兔子問。

「不是啊，我沒說，」愛麗絲說，「我一點也不覺得可惜，我說『為什麼』。」

「她打了皇后的耳光——」兔子說。愛麗絲「噗哧」一聲笑了出來。「哎，噓！」兔子驚恐地低語，「皇后會聽到的！妳瞧，她來晚了，皇后說——」

「各就各位！」皇后聲如洪鐘地喊。眾人便朝各個方向亂跑，彼此撞成一團，過了一會兒才各自就位，比賽開始了。

愛麗絲覺得她從來沒見過這麼奇怪的槌球場：遍地崎嶇不平的土堆壕溝，球是活的刺蝟，球槌是活的紅鶴，士兵們手和腳支著地，弓起身子當球門。

一開始愛麗絲簡直拿她的紅鶴沒辦法，後來發現可以用手臂很舒服地夾著牠的身體，讓牠的腿垂下來，可是每當她把牠的脖子弄直，要用牠的頭去打刺蝟時，牠總是會把脖子

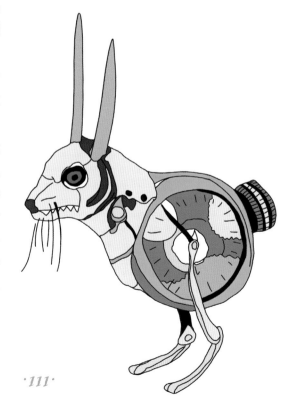

扭上來困惑地與她對視，那表情讓她忍俊不禁。

等她把牠的頭扳下去，再次準備擊打時，又惱火地發現刺蝟正伸直了身體要爬走。除了這些，刺蝟滾出去的路上總有土堆或壕溝，當球門的士兵又常常站起來走開，愛麗絲很快就感到這是場非常難打的球。

打球的人也沒順序，都同時打，時時在爭吵，搶刺蝟。開場沒多久，皇后就暴跳如雷，跺著腳走來走去，分分鐘高喊：「砍了他（她）的頭！」

愛麗絲很快就深感不安：雖然她還沒和皇后發生衝突，但她知道那隨時可能發生，「到那時，」她想，「我會是什麼下場？這裡的人太喜歡砍人腦袋了，奇怪的是，居然還有人活著！」

愛麗絲東張西望，想找條能悄悄逃跑而不被看到的路，這時她注意到空中浮現了奇怪的東西：一開始她看不出來是什麼，看著看著，她看出那是個笑容。她對自己說：「是柴郡貓，終於有人可以說話了。」

「妳怎麼樣？」貓等嘴巴顯現得夠說話了才說。

愛麗絲等牠的眼睛出現才點點頭。「現在跟牠說話也沒用，」她想，「要等牠的耳朵出來，至少要一隻。」接著整個貓頭出現了，愛麗絲放下紅鶴，對牠說球賽的情況，很高興能有人聽她說話。貓似乎覺得出現的部分已經夠用，就不再露出其他的部分。

「我覺得他們的比賽一點也不公平，」愛麗絲抱怨說，「而且他們吵得那麼凶，自己都聽不見自己說什麼。而且他們好像沒有一定的規則，至少，就算有，也沒人管它。而且你不知道所有球具什麼的都是活的，那有多混亂，比如說我正要把球打進球門，球門卻在場地那頭走動起來，而我剛要用我的刺蝟打皇后的刺蝟，牠看見我過去就跑開了！」

「妳喜歡皇后嗎？」貓低聲問。

「一點也不喜歡，」愛麗絲說，「她超級──」這時她注意到皇后就在她背後聽著，接下去就說：「──會打球，贏定了，都

不用等比賽結果。」

皇后笑笑走開了。

「妳在和誰說話？」國王走過來，好奇地看著貓的頭。

「那是我一個朋友——一隻柴郡貓，」愛麗絲說，「請允許我介紹牠。」

「我一點也不喜歡牠的樣子，」國王說，「不過，如果牠想的話我准許牠吻我的手。」

「我不想。」貓說。

「放肆，」國王說，「不許那樣看著我！」他說著躲到了愛麗絲身後。

「貓也可以看國王，」愛麗絲說，「我在一些書裡讀到過：小人物也有權利。但我忘了是什麼書了。」

「哼，得讓牠走！」國王堅決地說，又叫住了正經過的皇后，「親愛的！我希望妳能把這個貓弄走！」

皇后解決所有大大小小的困難都只有一個辦法：「砍掉他的頭！」她頭也不回地說。

「我自己去找劊子手。」國王急切地說，匆匆忙忙走開了。

愛麗絲聽見遠處皇后在大吼大叫的聲音，心想最好回去看看球賽進行得如何了。她已經聽見她判了三個人死刑，因為輪到他們上場時他們沒有上場，她一點也不喜歡這個局面，比賽一團混亂，她根本不知道什麼時候該輪到她打球，所以就去找她的刺蝟了。

她的刺蝟正在和另一隻刺蝟打架，這是個愛麗絲可以打撞球的良機，可她的紅鶴已經跑到花園另一邊去了，只見牠拍著翅膀想

上樹，卻飛上不去。

等她捉到紅鶴回來，架已經打完了，兩隻刺蝟都無影無蹤。「不過也沒關係，」愛麗絲想，「反正場地這邊的球門也都跑光了。」她把紅鶴夾在手臂下，不讓牠再跑了，回去找她的朋友聊天。

她回到柴郡貓那裡，吃驚地發現牠被一大群人圍著，劊子手、國王、皇后三人同時在說話，激烈爭辯著，其他人都不聲不響地聽著，個個愁眉苦臉。

愛麗絲一到，三人馬上請她評理，各自對她複述了一遍論點，但他們同時說話，愛麗絲費了老大的勁才聽出他們在說什麼。

劊子手的論點是：只有一顆頭沒法砍，一顆頭總得連著一個身體，你才能把它砍下來。他從來沒幹過這種事，這輩子也不打算幹這樣的事。

國王的論點是：任何有頭的東西都能砍頭，廢話少說。

皇后的論點是：要是不馬上把這事解決，她就把所有人的頭都砍了。（正是這話讓在場每個人都憂心忡忡、面如死灰。）

愛麗絲想不出什麼可說的，只好說：「牠是公爵夫人的貓，你們最好去問問她。」

「她在牢裡，」皇后對劊子手說，「把她帶到這裡來。」劊子手便像離弦的箭似的跑了。

劊子手一走，貓的頭就開始漸漸消失，等劊子手帶回公爵夫人時，牠已經徹底不見了。國王和劊子手發了瘋地到處找，其他人則又回去玩球。

Chapter 09
假海龜的故事

「妳不知道我再見到妳有多高興，我親愛的老朋友！」公爵夫人說著，熱情地挽起愛麗絲的手臂一起走。

愛麗絲很高興看到她的情緒這麼好，心想上次在廚房見面時也許只是胡椒使她那樣暴躁。

「等我當了公爵夫人，」她對自己說（不過聽上去沒抱多大希望），「我的廚房裡一點胡椒都不能有。不加胡椒的湯也很好喝——也許胡椒就是讓人脾氣火爆，」她很高興發現了一條新規則，繼續想，「醋讓人尖酸，菊花茶讓人覺得苦並且憤懣，麥芽糖和那類東西讓小孩生性甜美。我希望人們能懂這些道理，就不會那麼不肯讓小孩多吃糖了，你知道的——」

此時她幾乎把公爵夫人給忘了，當聽到公爵夫人的聲音在她耳邊響起時嚇了一跳。「妳在想事情，親愛的，那讓妳話都忘了說了。我現在想不起其中有什麼寓意，不過我等下能想起來的。」

「說不定沒什麼寓意。」愛麗絲大膽地說。

「嘖，嘖，小孩子！」公爵夫人說，「每件事都有寓意，只看妳能不能發現。」她邊說邊往愛麗絲身上靠。

愛麗絲很不喜歡她挨得那麼近，一來公爵夫人長得非常醜，二來因為她的身高剛好可以把她的下巴擱在愛麗絲肩頭，那個尖下

巴頂得愛麗絲很難受。然而她不想失禮，就盡量忍著。

「球賽現在順利多了。」她有點沒話找話地說。

「可不是，」公爵夫人說，「其中的寓意是——『噢，是愛，是愛讓地球轉動！』」

「有人說過，」愛麗絲低聲說，「讓地球轉的是每個人都注意自己那點事！」

「咳！那意思差不多啦，」公爵夫人說著，把她的錐子下巴往愛麗絲肩上一戳，加上一句「其中的寓意就是——『人管好意思，意思自己會發聲』。」

「她真愛找事物中的寓意！」愛麗絲暗想。

「我想妳一定奇怪為什麼我不摟著妳的腰，」過了一會兒公爵夫人說，「原因是，我不知道妳的紅鶴的脾氣好不好。我要不要試一下？」

「牠會咬妳的。」愛麗絲警覺地回答，一點也不想試。

「千真萬確，」公爵夫人說，「紅鶴和芥末都讓人火辣辣地疼。其中的寓意——『物以類聚。』」

「不過，芥末不是鳥。」愛麗絲說。

「妳又說對了，」公爵夫人說，「妳把東西分得可真清楚！」

「我覺得它是礦物。」愛麗絲說。

「沒錯，它就是，」公爵夫人似乎打算贊同愛麗絲說的每件事，「這附近有一個芥末礦。其中的寓意——『我礦愈多，誆你愈多。』」

「噢，我知道了！」愛麗絲沒注意她後面說的，大叫道，「它是蔬菜。它看起來不像，但其實是。」

「完全同意妳，其中的寓意——」公爵夫人說，「『看起來像是什麼就是什麼』——或者，如果妳想更簡單點說——『永遠不要認為你不是別人認為的你可能與別人認為的樣子不同的樣子。』」

「我想我要是寫下來的話應該能比較懂一點，」愛麗絲很有禮貌地說，「但聽妳這麼說，我實在是理解不過來。」

「這沒什麼，我高興的話還能說得更長。」公爵夫人開心地說。

「請別費心說更長啦。」愛麗絲說。

「哦，談不上費心！」公爵夫人說，「我把我剛才說的都當禮物送給妳。」

「好便宜的禮物！」愛麗絲想，「幸好大家不送那種生日禮物！」但她不敢說出聲來。

「又在想啦？」公爵夫人的小尖下巴又戳了她一下，說。

「我有權思考。」愛麗絲開始不耐煩了，說話就有點不客氣。

「有點道理，」公爵夫人說，「就像豬有權飛，其中——」

說到這裡，令愛麗絲大為意外的是，公爵夫人的話音斷了，她最愛的「寓意」沒說出口，挽著她的手臂瑟瑟發起抖來。愛麗絲抬頭一看，她們面前站著皇后，雙手交叉在胸前，皺著眉，陰沉得像壓頂的雷暴雨。

「天真好啊，陛下！」公爵夫人低聲下氣地說。

「妳給我聽好了，」皇后跺著腳喊，「要麼妳滾蛋，要麼妳的頭滾蛋，立即執行，妳選吧！」

公爵夫人做出了選擇，一溜煙地跑了。

「我們回去打球吧。」皇后對愛麗絲說。愛麗絲嚇得不敢說什麼，慢慢跟在她後面回到了槌球場。

其他賓客趁皇后不在都跑到樹陰下乘涼，一看到她馬上回到比賽，皇后只說，誰耽誤一分鐘就要他的命。

　　他們打球時，皇后一刻不停地在和別的球員吵架，並高喊「砍掉他（她）的頭」。當作球門的士兵一個個站起來把那些被判了刑的人押下去看管，大約半小時以後球場上就沒球門了，所有玩球的人，除了國王、皇后和愛麗絲，都被押著等候處決。

　　這時皇后也不打了，氣喘吁吁地對愛麗絲說：「妳有沒有見過假海龜？」

「沒有，」愛麗絲說，「我連假海龜是什麼都不知道。」

「就是做假海龜湯的東西。」

「從沒見過，聞所未聞。」愛麗絲說。

「那就來吧，」皇后說，「牠會告訴妳牠的故事。」

他們走開時，愛麗絲聽到國王小聲說：「你們都被赦免了。」

「嘿，這倒是件好事！」

愛麗絲對自己說，她本來因為那麼多人被皇后判了死刑而感到挺難過的。

他們很快遇到一隻獅鷲躺在太陽底下睡大覺。（如果你不知道獅鷲是什麼，可以看圖。）「起來，懶鬼！」皇后說，「帶這位年輕小姐去看假海龜、聽牠講講故事。我得回去檢視我處決命令的執行了。」她說完就走了，把愛麗絲留給了獅鷲。

愛麗絲不大喜歡這動物的長相，但她想，跟牠在一起也不會比跟著殘暴的皇后更危險，於是就等著。

獅鷲坐起來，揉揉眼睛，然後望著皇后，直到她遠得看不見，才輕聲笑起來。「真好笑！」獅鷲半對自己、半對愛麗絲說。

「什麼好笑？」

「哎，她呀，」獅鷲說，「都是她自己在幻想，他們從來沒處決過一個人，妳知道的。來吧！」

「這裡每個人都說『來吧』，」愛麗絲慢慢地跟著他，心想，「我從來沒這樣老是聽命於人過，從來沒有過！」

他們沒走多遠，就遠遠地看見假海龜悲傷又孤獨地坐在一塊小岩石上，再走近一點，愛麗絲聽見牠在歎息，彷彿心都要碎了。她深深地同情起牠來。「牠為什麼這麼傷心？」她問獅鷲。

獅鷲用很像是之前說過的話回答說：「都是牠自己在幻想，牠沒什麼傷心事，妳知道的。來吧！」

他們走近假海龜，牠用淚水盈眶的大眼睛望著他們。

「這位年輕小姐，」獅鷲說，「想瞭解你的故事，她想聽。」

「我來告訴她，」假海龜用沉鬱而空洞的調子說，「你們都坐下，在我結束之前一個字也別說。」

於是他們坐下，大家安靜了幾分鐘。愛麗絲暗忖：「如果牠不開始，我都不知道牠什麼時候可以算結束。」不過她還是耐心地等著。

「從前，」假海龜深深歎了口氣，終於開始說，「我曾是隻真海龜。」

說完這句話後，又是一段很長的沉默，只有獅鷲發出一聲「呵」的感歎和假海龜不斷的低沉啜泣。愛麗絲幾乎要站起來說：「謝謝，先生，故事很有意思。」但總覺得後面應該還有，所以還是坐著沒說話。

「當我們小的時候，」假海龜又開口了，牠平靜了些，不過時不時還會抽噎一下，「我們去海裡上學。教我們的是隻老海龜——我們叫牠『海師』——」

「牠不是海獅你們為什麼要這樣叫牠？」愛麗絲說。

「我們叫牠『海師』是因為牠是海裡的老師，」假海龜生氣地說，「妳好笨啊！」

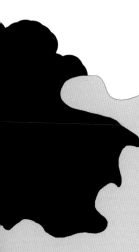

　　「這麼簡單的問題都要問，應該替自己害臊啊。」獅鷲加上一句。牠們兩個坐在那裡靜靜看著可憐的愛麗絲，愛麗絲真想鑽進地裡。最後獅鷲對假海龜說：「接著說，老夥計！別整天耗著了！」假海龜便說了下去——

　　「是的，我們在海裡上學，也許妳不信——」

　　「我從來沒說過我不信！」愛麗絲插嘴說。

　　「妳說了。」假海龜說。

　　「住口！」獅鷲在愛麗絲再說話之前插進一句。假海龜就又說下去。

　　「我們接受了最好的教育——實際上，我們每天都去學校——」

　　「我也上日間學校，」愛麗絲說，「你不用那麼驕傲。」

　　「有高級課嗎？」假海龜有點緊張地問。

　　「有啊，」愛麗絲說，「我們學法語和音樂。」

　　「有洗滌課嗎？」假海龜說。

　　「當然沒有啊！」愛麗絲不耐煩地說。

　　「咳，那妳上的不是真正的好學校，」假海龜鬆了一口氣說，「在我們學校，帳單最後會列著：『高級課——法語、音樂、洗滌。』」

　　「你們住在海底，」愛麗絲說，「也不怎麼需要洗什麼吧。」

　　「我學不起那個，」假海龜歎了口氣說，「我只能上常規課。」

「常規課是什麼？」愛麗絲問。

「一開始當然是搖晃和翻身，」假海龜答道，「然後是算術的不同分支——野心、分心、醜化和嘲笑。」

「我沒聽說過『醜化』，」愛麗絲大膽地說，「那是什麼？」

獅鷲驚訝地舉起雙爪大聲說：「沒聽說過醜化！那妳該知道美化吧？」

「呃，」愛麗絲不確定地說，「就是讓任何事情變好看一點。」

「妳要是還不知道什麼叫醜化，就是傻瓜啊。」獅鷲接著說。

愛麗絲不敢再多問這個，轉問假海龜：「你還學什麼呀？」

「哦，我們還學神祕史，」假海龜回答說，掰著前鰭數學科，「神祕史，有古代和現代神祕史，還有海洋學，還有慢條斯理學，慢吞吞學老師是條老海鰻，一星期來一次，牠教我們拉長、伸展和暈厥捲成圈。」

「什麼樣的？」愛麗絲說。

「我沒法做給妳看，」假海龜說，「我身體太硬了。獅鷲又沒學過。」

「沒時間，」獅鷲說，「我去上古典老師的課，牠是隻老螃蟹，很老。」

「我沒去上過牠的課，」假海龜歎了口氣說，「牠們說牠教笑與悲慟。」

「是的，是的。」獅鷲說，牠也歎息了，牠們兩個都把臉埋進了前爪或前鰭裡。

愛麗絲連忙換個話題說：「你們一天上幾個小時課？」

「第一天十個小時，第二天九個小時，每天遞減。」假海龜說。

「好奇怪的課程！」愛麗絲叫道。

「所以才叫讀書啊，」獅鷲說，「因為每天愈讀愈輸。」

愛麗絲沒想到過這個，想了一會兒才接著說：
「那麼第十一天肯定放假啦？」

「那當然。」假海龜說。

「第十二天怎麼辦？」愛麗絲熱切地追問。

「上課的事夠了，」獅鷲十分堅決地打斷說，
「現在給她講講遊戲吧。」

Chapter 10
龍蝦方塊舞

　　假海龜深深地歎了一口氣，用鰭背抹了抹眼睛。牠看著愛麗絲，想說話，可是哭得嗓子被堵住了，好一會兒都說不出話來。「如鯁在喉。」獅鷲說著，動手搖晃牠，拍牠的背。最後假海龜臉上流過兩行淚水，能出聲了，牠又說了下去：

　　「妳大概沒怎麼在海底生活過——」（「我沒住過。」愛麗絲說。）「——妳也可能從來沒認識過龍蝦——」（愛麗絲剛要說「我吃過一次」，馬上改口說：「沒認識過。」）「——所以妳想像不出龍蝦方塊舞有多好玩！」

　　「確實想像不出，」愛麗絲說，「是什麼樣的舞啊？」

　　「是這樣，」獅鷲說，「妳先在海邊站成一排——」

　　「兩排！」假海龜叫道，「海豹、海龜、鮭魚什麼的，得把礙事的水母都趕開——」

　　「通常要花點時間。」獅鷲插嘴說。

「——向前兩步——」

「每個人都有一個龍蝦舞伴！」獅鷲叫道。

「當然，」假海龜說，「和舞伴一起向前兩步，站好——」

「——交換龍蝦，退回兩步。」獅鷲接著說。

「然後，妳知道的，」假海龜說下去，「妳就扔——」

「扔龍蝦！」獅鷲跳到半空高喊。

「——朝海裡扔得愈遠愈好——」

「游過去追牠們！」獅鷲尖吼。

「在海裡翻個跟斗！」假海龜亂蹦亂跳地大喊。

「再交換龍蝦！」獅鷲扯開嗓門高呼。

「再回到岸上——這就是第一節。」假海龜說，聲音突然低了下來，剛剛還一直蹦跳若狂的這兩位，又悲傷而安靜地坐下，看著愛麗絲。

「這舞一定很好看。」愛麗絲小心翼翼地說。

「妳想看一點嗎？」假海龜說。

「很想。」愛麗絲說。

「來，讓我們跳跳看第一節！」假海龜對獅鷲說，「我們沒龍蝦也能跳。妳知道的。誰來唱？」

「哦，你唱，」獅鷲說，「我不記得詞了。」

於是牠們圍著愛麗絲認真地跳起方塊舞來，時不時因為靠得太近了而踩到她的腳，牠們用前爪打著拍子，假海龜十分緩慢而悲傷地唱：

「你走快點好不好？」鱈魚對蝸牛說，
「鼠海豚牠緊相隨，老是踩我尾。」
龍蝦海龜在前頭，翹首來期盼！

牠們等在卵石上──你要不要來跳舞？
　　跳嗎跳嗎跳舞嗎？一起跳舞嗎？
　　跳嗎跳嗎跳舞嗎？不來跳舞嗎？

「也許你還不知道，跳舞多來勁，
我們和龍蝦在一起，被拋進海裡！」
蝸牛翻個白眼答：「不要被拋遠！」
牠向鱈魚說謝謝，但牠不要跳。
　　不跳不跳牠不跳，牠不想跳舞。
　　不跳不跳牠不跳，牠不會跳舞。

牠長鱗的朋友說：「太遠又有什麼關係？
那邊還有一個岸，就在海對面。
愈是離著英國遠，愈離法國近——
親愛的蝸牛別害怕，快來一起跳。
　　跳嗎跳嗎跳舞嗎？一起跳舞嗎？
　　跳嗎跳嗎跳舞嗎？不來跳舞嗎？」

「謝謝，是個看起來很有意思的舞，」愛麗絲說，很高興總算結束了，「我也很喜歡這首奇怪的鱈魚歌！」

「哦，說到鱈魚，」假海龜說，「牠們——妳以前肯定見過吧？」

「是啊，」愛麗絲說，「我看見牠們常常是在餐……」她及時發現差點說錯話。

「我不知道『餐』在哪裡，」假海龜說，「不過，既然妳常常見到牠們，肯定知道牠們長什麼樣。」

「我想是的，」愛麗絲回想著說，「尾巴銜在嘴裡，渾身裹著麵包屑。」

「麵包屑可不對啊，」假海龜說，「麵包屑在海裡會被沖光的。不過牠們確實會把尾巴銜在嘴裡，因為——」說到這裡假海龜打了個哈欠閉上了眼睛，「把原因都告訴她。」牠對獅鷲說。

「因為，」獅鷲說，牠們會和龍蝦一起去跳舞，然後被丟進海裡，然後甩得太遠了，然後尾巴就甩到嘴裡去了，然後就弄不出來了。就是這樣。」

「謝謝你，」愛麗絲說，「很有意思。我以前不知道那麼多關於鱈魚的事。」

「妳想聽的話，我還能告訴妳更多呢，」獅鷲說，「妳知道牠為什麼叫『鱈魚』嗎？」

「我沒想過欸，」愛麗絲說，「為什麼？」

「因為牠能把鞋擦得雪雪亮。」獅鷲正經地說。

愛麗絲完全聽不明白。「把鞋擦得雪雪亮！」她不解地重複了一遍。

「呃，妳的鞋是用什麼擦的？」獅鷲說，「我是說，是什麼讓它們變這麼亮的？」

愛麗絲低頭看了看鞋，想了一下說：「鞋油吧，我想。」

「海裡的靴子和鞋是用鱈魚擦的，現在妳明白了吧。」獅鷲說。

「那海裡的靴子和鞋是用什麼做的？」愛麗絲非常好奇地問。

「當然是鞋底魚和帶魚啊，」獅鷲有點不耐煩地回答，「隨便什麼小蝦都能告訴妳這個。」

「如果我是鱈魚，」愛麗絲腦子裡還在想著那首歌，說，「我會對鼠海豚說，『請你往後退一退！我們不想你跟隨！』」

「牠們非得讓牠陪著，」假海龜說，「聰明的魚沒有鼠海豚陪著，哪裡也不去。」

「真的啊？」愛麗絲非常驚異地說。

「當然啦，」假海龜說，「呃，比如一條魚來找我，跟我說牠要去旅行了，我就會說『有何貴豚？』」

「你是想說『有何貴幹』？」愛麗絲說。

「我想的就是我說的。」假海龜不高興地回答。獅鷲就說：「來讓我們聽聽妳的經歷吧。」

「我可以跟你們講我的經歷——從今天早上講起，」愛麗絲有點心虛地說，「昨天的就不用說了，因為我已經是另一個人了。」

「給我們解釋解釋。」假海龜說。

「別別！先說經歷，」獅鷲說，「解釋起來太花時間了。」

於是愛麗絲把她從第一次看見白兔時開始的經歷一五一十地講給牠們聽。她一開始有點緊張，因為那兩個動物一左一右地挨著她，眼睛和嘴巴都張得老大，但說著說著膽子就大了起來。

　　她的兩個聆聽者非常安靜地聽著，直到她講到給毛毛蟲背〈威廉爸爸你老了〉、詞都變了的時候，假海龜才深深地吸了一口氣說：「那可真奇怪！」

　　「怪得不能再怪了。」獅鷲說。

　　「全都變了！」假海龜思考著重複她說的話，「我想讓她現在背點什麼來聽聽。叫她開始背吧。」牠朝獅鷲看，好像覺得愛麗絲歸牠管似的。

　　「站起來背『此乃懶漢之宣言』吧。」獅鷲說。

　　「這些動物好喜歡使喚人和讓人背書啊！」愛麗絲想，「就當是在學校算了。」她還是站起來開始背，但她滿腦子都是龍蝦方塊舞，也不知道自己在說什麼，說出來的話都很怪：

此乃龍蝦之宣言，我聽見牠在說話：
「你們把我烤太焦，鬍鬚要用糖來刷。」
就像鴨子會梳洗，牠用鼻子來打理，
整整腰帶和鈕釦，腳尖向外腳打開。
等到沙子全乾透，漂亮快活似雲雀，
笑說就算鯊魚來，根本一點也不怕。
但當海潮漲上岸，鯊魚游來圍著轉，
噤若寒蟬腿發軟，鬍鬚瑟瑟肝膽顫。

「這跟我小時候聽到的不一樣。」獅鷲說。
「我從沒聽過，」假海龜說，「聽著不是一般的一派胡言。」
愛麗絲什麼也沒說，坐下來用手蒙著臉，想知道事情還會不會恢復到平常模樣。

「我想聽聽解釋。」假海龜說。

「她解釋不了，」獅鷲連忙說，「背下一首吧。」

「牠的腳趾又是怎麼回事？」假海龜堅持問，「怎麼能用鼻子把腳趾打開呢？」

「那是舞蹈的第一個姿勢。」愛麗絲說，她被整個事情弄暈了，很想換話題。

「再背下一首吧，」獅鷲不耐煩地又說，「開頭是『我從牠的花園過』。」

愛麗絲明知一定會背得都不對，卻不敢不從，用發抖的聲音背誦：

我從牠的花園過，一眼看分明，
黑豹和那貓頭鷹，在分一個餅：
黑豹拿了肉餅皮，還有餡和汁，
還有一個空盤子，留給貓頭鷹。
等把餡餅吃光光，黑豹樂開懷，
仁慈恩准貓頭鷹，勺子揣進袋，
黑豹拿起刀和叉，低低一聲吼，
吃下最後一道菜，就是——

　　「如果妳不解釋，光背這些東西有什麼用？」假海龜打斷說，
「真是我聽過的最不知所云的東西！」

　　「是啊，妳還是不要背了。」獅鷲說，正中愛麗絲下懷。

　　「要不我們再跳一節龍蝦方塊舞？」獅鷲又說，「或者妳想聽
假海龜再唱首歌嗎？」

　　「喔，請再唱首歌吧，要是假海龜願意的話。」愛麗絲那麼想
聽歌，獅鷲有點不開心，說：「哼！真沒品味！給她唱個〈海龜
湯〉吧，好嗎，老夥計？」

　　假海龜長歎一聲，用帶哽咽的嗓音唱了起來：

好湯熱湯，綠而營養，
蓋碗裡裝，誰不想嘗？
晚餐的湯，美味的湯！
晚餐的湯，美味的湯！

美味的湯！
美味的湯！
夜晚之湯！
美味的湯！

好湯好湯！美味噴香，
山珍海味，都比不上。
兩個便士，便能一嘗！
放棄一切，都想一嘗！
美味的湯！
美味的湯！
夜晚之湯！
美味的湯！

「副歌再來一遍！」獅鷲叫道，假海龜剛一唱，就聽見遠處有人喊：「審判開始了！」

「快走！」獅鷲喊，不等歌唱完，拉起愛麗絲的手就跑。

「什麼審判？」愛麗絲邊跑邊喘著問，但獅鷲只說「快走！」跑得更快了。哀傷的歌字字隨風傳來，愈來愈輕微：

夜——晚——之——湯，
美味的，美味的湯！

Chapter 11
誰偷了餡餅？

　　他們到的時候，紅心國王和皇后坐在王座上，旁邊圍了好大一群——各種小鳥小獸，還有一整副撲克，紅心傑克站在他們前面，被鏈條捆著，兩名士兵一左一右地看著他；白兔站在國王身邊，一手持喇叭，一手握著一卷羊皮紙。審判庭中央有張桌子，桌上擺了一大盤餡餅，看上去很好吃，愛麗絲看著就餓了——「希望他們審完了，」她想，「然後分點心！」但這看樣子沒戲，她只好開始東張西望把周圍事物看個遍，來打發時間。

　　愛麗絲沒到過法庭，但她在書裡看到過，她很高興發現自己能叫出每樣事物的名字。「那是法官，」她對自己說，「因為他戴了大假髮。」

　　法官，也就是國王，把王冠戴在假髮上，看起來一點也不舒服，也不好看。

　　「那是陪審席，」愛麗絲想，「那十二隻動物，」（她只好說「動物」，你看，因為牠們有些是獸，有些是鳥），「應該就是陪審員。」她把最後這個詞自己反覆說了兩三遍，心裡很得意，她覺得——也確實是——像她這麼大的小女孩沒幾個知道這是什麼意思的，叫「陪審團成員」也行。

　　十二名陪審員都忙著在石板上寫字。「牠們在幹麼啊？」愛麗絲悄悄問獅鷲，「又沒開庭，沒東西要記啊。」

「牠們在寫名字，」獅鷲低語作答，「怕到審判結束時忘了自己叫什麼。」

「笨蛋啊！」愛麗絲憤慨地大聲說，但立刻閉了嘴，因為白兔喊：「肅靜！」國王戴上眼鏡焦慮不安地環視眾人，看是誰在說話。

愛麗絲不用走到牠們身後，就能看見每個陪審員都在石板上寫「笨蛋啊」，她還看到其中有一個不知道「笨」字怎麼寫，要問旁邊的人。「審判還沒結束石板上就要一團糟了！」愛麗絲想。

一個陪審員的石筆畫出了刺耳的吱吱聲，愛麗絲受不了了，繞過法庭到牠身後，很快找到機會拿走了牠的筆。她下手快得令那可憐的小陪審員（就是蜥蜴比爾）都沒搞清是怎麼回事，找來找去找不到筆，那天剩下的時間牠就只能用一根手指頭寫，這寫了也是白寫，因為手指在石板上是寫不出字的。

「傳令官，宣讀指控書！」國王說。

白兔聞言舉起喇叭吹了三聲，展開羊皮紙卷宣讀如下：

> 紅心皇后做餡餅，
> 　夏日忙了一天整，
> 紅心傑克偷餡餅，
> 　拿得一個也不剩！

「請宣判裁決。」國王對陪審團說。

「還沒，還沒！」兔子連忙插話，「還有很多道程序！」

「傳第一個證人。」國王說。

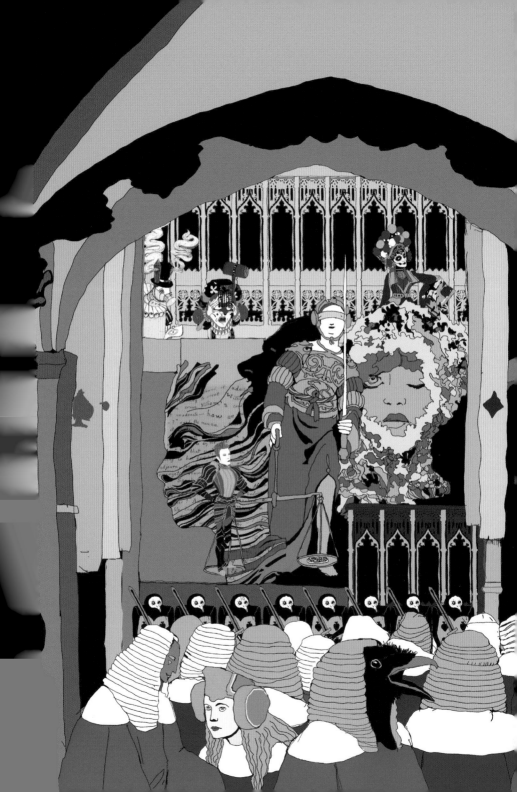

白兔又吹了三聲喇叭，喊道：「第一個證人！」

第一個證人是帽匠。他一手拿著茶杯一手拿著一片奶油麵包走了進來。「請陛下恕罪，」他說，「帶這些出庭，但我被傳喚時還沒喝完茶。」

「你早該喝完了，」國王說，「你從什麼時候開始喝的？」

帽匠看了一眼身後跟他一起來到庭上、腋下夾著睡鼠的三月兔，說：「三月十四日，我想是。」

「十五日。」三月兔說。

「十六日。」睡鼠說。

「記下來。」國王對陪審團說，陪審團就急急忙忙把三個日期都寫在石板上。再把它們加起來，再把答案換算成先令和便士。

「把你的帽子脫了。」國王對帽匠說。

「那不是我的。」帽匠說。

「偷來的！」國王喝道，轉向陪審團，牠們立刻當作事實記錄下來。

「那是我用來賣的，」帽匠解釋說，「我自己沒有帽子，我是個帽匠。」

這時皇后戴上眼鏡，狠狠地盯著帽匠看，帽匠嚇得臉色發白、坐立不安。

「提供證詞吧，」國王說，「別緊張，否則把你當場處死。」

這好像一點也沒能鼓勵到證人，他不停地把重心從一隻腳換到另一隻腳，緊張地看著皇后，慌亂中把茶杯當成了奶油麵包咬掉了一大塊。

就在這時，愛麗絲產生了一種非常奇怪的感覺，起初不知道是怎麼回事，後來發現那是她又開始變大了。她本想站起來離開法庭，但轉念一想，決定只要這裡空間還夠，她就待在這裡。

「希望妳別再擠我，」坐在她旁邊的睡鼠說，「我快沒辦法呼吸了。」

「我沒辦法，」愛麗絲老老實實地說，「我正在長大。」

「妳沒有權利在這裡長。」睡鼠說。

「別胡說八道，」愛麗絲勇敢地說，「你知道你自己也正在長大。」

「對，但我長得步調合理，」睡鼠說，「不像妳那麼荒唐。」牠氣呼呼地站了起來，去法庭另一邊坐著。

這段時間皇后始終盯著帽匠，睡鼠剛走到另一邊，她就對一名法警說：「把上次音樂會唱歌的人的名單拿給我！」不幸的帽匠聽到這話，嚇得渾身顫抖，把兩只鞋都抖掉了。

「拿出證據來，」國王生氣地又說了一遍，「不然就處死你，不管你緊不緊張。」

「我是個可憐人，陛下，」帽匠哆哆嗦嗦地說，「——我剛要喝茶——還沒一星期呢——而且奶油麵包愈來愈薄了——還有一閃一閃的茶——」

「一閃一閃的什麼？」國王說。

「我說從一開頭……」帽匠說。

「『一閃一閃』當然是『一』開頭的！」國王厲聲說，「你當我是傻瓜嗎？往下說！」

「我是個可憐人，」帽匠說了下去，「從那以後，很多東西都閃爍了起來——只有三月兔說——」

「我沒說！」三月兔急忙打斷他的話。

「你說了！」帽匠說。

「我不承認！」三月兔說。

「牠不承認，」國王說，「那就別說那段了。」

「好吧，不管怎樣，睡鼠說過——」帽匠說著擔心地扭頭看睡鼠會不會也不承認，但睡鼠什麼也沒否認，睡得很沉。

·145·

「後來，」帽匠繼續說，「我又切了點奶油麵包——」

「但睡鼠說什麼？」一名陪審員問。

「我不記得了。」帽匠說。

「你必須記得，」國王說，「不然就處死。」

可憐的帽匠扔掉了茶杯和奶油麵包，單膝跪下。「我是個可憐人，陛下。」

「你的講話能力更可憐。」國王說。

這時一隻天竺鼠喝起了彩，立刻被法警壓制。（「壓制」這個詞不太好懂，我來給你解釋一下他們是怎麼做的。他們有一個大帆布袋，把天竺鼠頭朝下塞進去，用繩子紮緊袋口，再坐在上面。）

「我很高興目睹了那是怎麼一回事，」愛麗絲想，「常常在報紙上看到，審判結束時，『有人熱烈鼓掌喝彩，被庭警當場壓制』，現在才明白是什麼意思。」

「如果你知道的就那麼多，你可以下去了。」國王又說。

「我不能再往下去了，」帽匠說，「我已經跪在地上了。」

「那你就上座吧。」國王回答。

另一隻天竺鼠叫好，被壓制了。

「好了，天竺鼠都收拾完了！」愛麗絲想，「這下該好點了。」

「我想把茶喝完。」帽匠說，焦慮地看了一眼皇后，她在看演唱者名單。

「你走吧。」國王說，於是帽匠顧不上穿鞋就趕緊離開了法庭。

「──並在外面砍他的頭。」皇后對一名法警補充說。但法警還沒追到門口，帽匠已杳無影蹤。

「傳下一個證人！」國王說。

下一個證人是公爵夫人的廚師。她手裡拿著胡椒盒，還沒走進法庭，靠近門口的人就都噴嚏連連，愛麗絲立刻猜到來的是誰。

「提供證詞。」國王說。

「不要。」廚師說。

國王焦躁地看看白兔，白兔低聲說：「陛下一定要盤問這個證人。」

「好吧，一定要就要吧。」國王悶悶不樂地說著，雙手抱胸，對著廚師皺眉頭，皺得眼睛都快不見了，才沉聲問：「是什麼做的餡餅？」

「基本上是胡椒。」廚師說。

「蜜糖。」她身後一個充滿睡意的聲音說。

「把睡鼠抓起來，」皇后厲聲叫道，「砍了牠的頭！攆出去！壓制牠！招牠！拔牠鬍子！」

整個法庭一陣混亂，等睡鼠被趕出去，大家重新坐好，廚師已經不見了。

「沒關係！」國王如釋重負地說，「傳下一個證人。」說完又對皇后小聲說：「真的，親愛的，下一個證人妳來審吧，我頭痛死了！」

愛麗絲見白兔在名單上搜尋，很好奇下一個證人會是誰。「──他們還沒問出什麼證詞來呢。」她想。讓她大吃一驚的是，白兔尖尖的小細嗓高聲念出了那個名字：「愛麗絲！」

Chapter 12
愛麗絲的證詞

「到！」愛麗絲喊，慌慌張張地忘了自己已經長得很大了，她猛地站起來，裙襬掃倒了陪審席，陪審員全都翻出來摔到底下人群的頭上，四肢張開地躺著，讓她想起上星期不小心打翻的一缸金魚。

「噢，真對不起！」她愕然驚呼，連忙以最快的速度把牠們撿回去，金魚的事故一直在她腦子裡轉，她隱約覺得牠們得立即被撿起來放回陪審席，否則就會死掉。

「審判無法進行，」國王十分嚴肅地說，「除非所有陪審員各就各位——所有的。」國王狠狠地看了愛麗絲一眼，又再次強調了一遍。

愛麗絲看看陪審席，發現她匆忙中把蜥蜴頭朝下放了，那可憐的小傢伙動彈不得，只能愁苦地搖尾巴。她趕緊把牠拿出來放正。「其實也無所謂，」她暗想，「牠正著還是反著，在審判裡能派上的用場都差不多。」

等陪審團受到這次顛覆的震驚稍有平復，牠們的石板石筆也都被找到並還給了牠們，牠們就都開始用心記錄這次事故的過程，除了蜥蜴，牠看起來還沒緩過來，只能張著嘴坐著，瞪著法庭的天花板。

「妳對本案知道些什麼？」國王對愛麗絲說。

「什麼也不知道。」愛麗絲說。

「一點都不知道？」國王追問。

「一點都不知道。」愛麗絲說。

「這一點非常重要。」國王對陪審團說。牠們剛要寫到石板上，白兔就插嘴說：「不重要，陛下的意思是，當然。」牠說話的語氣十分恭敬，但邊說邊對國王皺眉頭、做鬼臉。

「不重要，當然，我是說。」國王忙說，接著喃喃自語，「重要……不重要……不重要……重要……」就像在推敲哪個念起來比較好聽。

陪審員有的寫下「重要」，有的寫「不重要」。愛麗絲離得很近，能看得一清二楚。「不過，怎麼寫都完全不重要。」她想。

國王本來忙著在他的記事本上寫東西，此時抬頭喊：「肅靜！」照著他的記事本讀：「法規第四十二條：身高超過一英里者一律退出法庭。」

每個人都看向愛麗絲。

「我沒有一英里高。」愛麗絲說。

「妳有。」國王說。

「都快兩英里了。」皇后說。

「反正我不走，」愛麗絲說，「再說這條規定本來沒有的，你剛剛才編出來的。」

「那是書裡最老的規定。」國王說。

「那就應該是法規第一條。」愛麗絲說。

國王臉色發白，匆匆合上他的記事本。「請考慮你們的裁

定。」他用顫抖的低音對陪審團說。

「陛下，還有更多證據呢，」白兔急忙跳起來說，「這張紙是剛才撿到的。」

「上面寫了什麼？」皇后問。

「我還沒打開，」白兔說，「不過看上去是封信，是犯人寫給……什麼人的。」

「當然是寫給什麼人的，」國王說，「要是它不寫給任何人，那倒少見，你知道的。」

「那是寄給誰的呢？」一名陪審員說。

「它沒寄給誰，」白兔說，「實際上這外邊什麼也沒寫。」牠說著打開摺著的紙，又說，「不是信，是首詩。」

「是犯人的筆跡嗎？」另一名陪審員問。

「不，不是，」白兔說，「怪就怪在這裡。」（陪審員們都露出困惑的神情。）

「他一定模仿了別人的筆跡。」國王說。（陪審員們豁然開朗。）

「陛下，」紅心傑克說，「我沒寫，牠們也不能證明那是我寫的，末尾也沒我的簽名。」

「如果你沒簽名，」國王說，「那更糟。你一定是心裡有鬼，要不然你就會像一個堂堂正正的人那樣簽上名字。」

大家鼓起掌來，這是國王這天說的第一句真正聰明的話。

「這證明他有罪，毫無疑問，」皇后說，「所以，砍他——」

「這根本證明不了什麼！」愛麗絲說，「你們都還不知道那上頭寫的是什麼！」

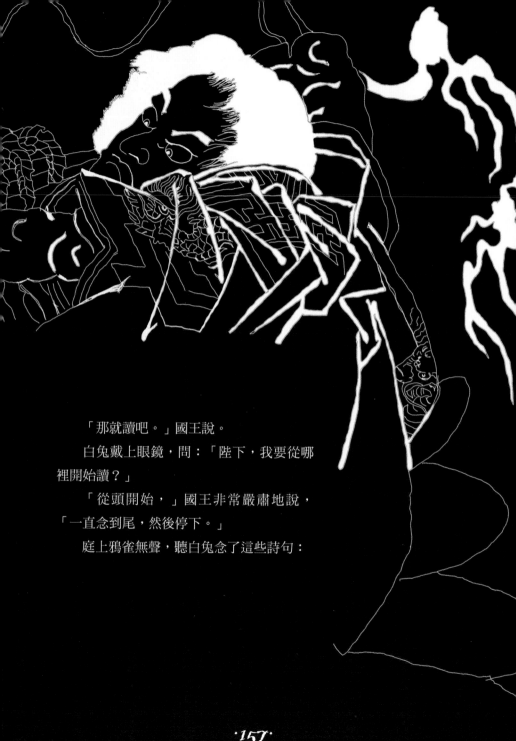

「那就讀吧。」國王說。

白兔戴上眼鏡，問：「陛下，我要從哪裡開始讀？」

「從頭開始，」國王非常嚴肅地說，「一直念到尾，然後停下。」

庭上鴉雀無聲，聽白兔念了這些詩句：

他們告訴我，

　　你去找過她，
又向他提我，

　　她說我人好，
卻不會游泳。

他對他們說，
我沒去找他。

　　（這也真不假）
若她不勉強，

　　你會怎麼樣？

我給她一個，

　　他們給他倆；
你給我們比仨多，

　　統統得自他，
雖然都曾屬於我。

要是我或她

　　捲進這樁事，
他託付你讓他們，

　　解脫而自由，
正像我們一個樣。

我想你已是

　　　（在她惱之前）

一塊絆腳石，

　　　在他、我們和它之間。

別讓他知道，

　　　她最愛他們，

除了你和我，

　　　莫讓人知曉。

　　「這是我們到現在聽到的最重要的一部分證詞，」國王搓著手，說：「現在請陪審團——」

　　「要是有誰能說出這詩是什麼意思，」愛麗絲說，（她剛剛又長大了不少，所以完全不怕打斷他。）「我就給他六便士。我不信那有一星半點意義。」

　　陪審團都在牠們的石板上寫：「她不信那有一星半點意義。」但誰也沒試圖解釋那張紙。

　　「要是這裡面沒意義，」國王說，「那倒省事了，你知道的，我們就不用費勁去裡面找了。不過我不知道，」他說著，把詩攤在膝上，瞇起一隻眼睛來看，「我好像還是覺得裡頭有點什麼意思。『——卻不會游泳——』你不會游泳，是嗎？」他問紅心傑克。

紅心傑克傷心地搖搖頭，說：「我像會游泳的嗎？」（他當然不像，因為他全身就是一片卡紙。）

　　「這就對了，」國王繼續自己嘀咕著詩句，「『這也真不假──』這是說陪審團知道，顯然──『若她不勉強』──這應該是皇后──『你會怎麼樣？』──會怎麼樣，還真是！『我給她一個，他們給他倆──』這，肯定是說他偷的餡餅，是吧──」

　　「可是，後面又說『統統得自他』。」愛麗絲說。

　　「所以，就在這裡！」國王懷著勝利的喜悅，指著桌上的餡餅說，「再清楚不過了。接下來是──『在她惱之前──』我想妳從來沒惱過吧，親愛的？」他問皇后。

　　「從來沒有！」皇后怒不可遏地說，朝蜥蜴扔去一個墨水瓶。（不幸的小比爾發現手指寫不出字，已經不寫了，已經不用一根手指寫字了，這下又連忙蘸著從臉上流下來的墨水寫了起來，趁它還沒流乾。）

　　「從來沒腦。」國王說，微笑地向法庭看了一圈，底下一片靜默。

　　「那是句俏皮話！」國王生氣地說，於是每個人都笑了。「請陪審團考慮裁定。」國王說，大概是他今天第二十遍說這句話。

　　「不，不！」皇后說，「先判決，再裁定。」

　　「胡說八道啊！」愛麗絲大聲說，「什麼先判決再裁定！」

　　「閉嘴！」皇后說，臉色發紫。

　　「不閉！」愛麗絲說。

　　「砍了她的頭！」皇后聲嘶力竭地喊。但沒人動。

「誰理妳啊？」愛麗絲說，（這時她已經長到她原來的尺寸了。）「你們只是一副牌啊！」

話音剛落，整副牌飛到了空中，朝她撲來，她尖叫一聲，半是驚嚇半是氣憤，想把它們打落，卻發現自己躺在河岸上，頭枕在姊姊腿上，而姊姊正把一些從樹上飄落到她臉上的枯葉輕輕拂去。

「醒醒，小愛麗絲！」姊姊說，「妳睡了好長一覺啊！」

「啊，我做了個好奇怪的夢！」愛麗絲說，她把她能記得的、你們方才讀到的這場奇遇全告訴了姊姊。等她說完，姊姊親了親她說：「這真是個怪夢，親愛的，快去喝茶吧，時候不早了。」於是愛麗絲起身跑開，一邊跑還一邊想：這真是個奇妙的夢。

愛麗絲離去時姊姊仍坐在原地，手支著頭，看著落日，想著小愛麗絲和她全部的奇遇，想著想著彷彿也入了夢，她夢見：

愛麗絲的小手環抱著膝頭，明亮而熱切的眼睛仰望著她，她能清楚地聽到愛麗絲的聲音，看到愛麗絲輕輕揚頭、把老是飄到眼前的散髮往後甩的有趣模樣……當她聆聽，或似乎在聽著，圍繞著她的整個空間裡，有愛麗絲夢中的奇怪生靈們在活動。

腳下長長的草葉沙沙作響，那是白兔匆匆而過；驚惶的老鼠在一旁的池塘裡嘩嘩地划著水尋路；她能聽到三月兔和牠的朋友們開著永不結束的茶會，茶杯叮噹碰撞，皇后尖聲下令處決她不幸的來賓；還有豬嬰兒在公爵夫人膝上噴嚏連連，盤子和碟子不斷在牠身邊摔碎；還有獅鷲的尖嘯，蜥蜴用石筆寫字發出的刺耳

的吱吱嘎嘎聲，天竺鼠被壓
制時的嗆咳，洋洋盈耳，夾
雜著遠處傳來的假海龜的嗚
咽。

　　她閉上眼睛坐著，幾乎
相信自己身在奇境，儘管她
知道她只要再睜開眼睛，一
切就會變回沉悶的現實——

草只是被風吹過，水池因蘆葦搖曳而起漣漪，茶杯的脆響來自綿羊掛的鈴鐺，皇后的尖叫是牧童的聲音，還有嬰兒的噴嚏、獅鷲的啼聲，以及所有其他的奇怪聲響，都會變成（她也知道）農場忙亂的喧鬧，遠處的牛的低哞會替代假海龜的悲泣。

　　最後，她想像她的小妹妹來日長成一名成年女子，在她所有成熟歲月中始終保存著童年時的單純與充滿愛的心。其他的小孩子圍在她身旁，眼睛明亮，熱切地聽那許多奇怪的故事，其中也許還有這多年以前的奇境之夢。她會感受到他們單純的哀傷，在他們所有簡單的歡樂裡找到快樂，一直記得她的童年，還有那開心的夏天。

與時間為友，與愛同在

　　許多人在聽到這本書時會說：「哦，那本小孩……的書嗎？」也許一開始想說「小孩看的書」，然而對它所受到的推崇有所耳聞，最後含混地說了出來。

　　小孩真的會喜歡它嗎？我不知道。我想我小時候並沒有喜歡上它，我記得我被許多其他的書吸引，但這本並沒有留下太多印象──我肯定讀過。它看上去有太多胡攪蠻纏、瘋瘋癲癲的「廢話」，還有些不知所云的詩歌，它們都像嗡嗡作響的蜂群之霧一樣，干擾我「入勝」。小孩喜歡不著邊際地跳著說話，也很喜歡摳字眼抬槓，還喜歡發明出除了她沒人知道是什麼意思的詞，頻頻使用，樂不可支，這本書也是如此。也許對小孩講一個胡說八道的故事會讓她開心，但可能無法取悅不在當場、後來閱讀你們之間瘋言瘋語的記錄的小讀者。

　　我變大了一些之後開始喜歡它，但我得承認，有一半的喜歡源自並非直接得來的印象。我喜歡它神祕而怪誕的氣息，那很酷，不是嗎？孤身闖入夢境的女孩，嬉皮或龐克或哥德式的角色，絢麗、詭異、暴戾，瘋狂而理性，冷峻又甜美。藝術家描繪它，每

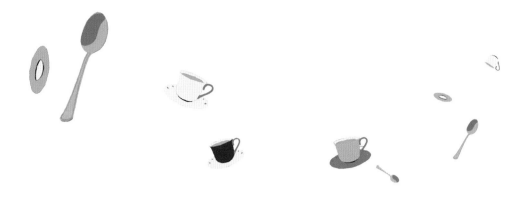

一幕都太好作畫；詩人愛它，寫它，而它又變成別人的卷首引語；他們為它創作，或者說，它讓他們創作，「重要的是誰是主人」，就像胖蛋說的；物理學家和數學家更熱烈地愛它，它描繪他們的那個世界，並在那個世界裡放了一個小女孩，於是他們用它來替各種事物命名：「愛麗絲把手」、「愛麗絲宇宙」、「愛麗絲線」、「柴郡貓量子」……還有電影電視、音樂和電子遊戲。愛麗絲的故事在它本身之外有了許許多多個分身，它自己本身也包含著無數個疊影，然後它就有了或成了一團比它原本更大的迷人的光暈，帶光暈的影像，令人目眩神迷。

　　還有許多人研究它：愛麗絲的身高之謎，還原鏡中棋局的每一步……「想把它弄清楚！」他們刨根究底，有點兒像……《宅男行不行》裡的人討論《星際爭霸戰》與《魔戒》？不過，我對許多「定要弄個水落石出！」或是「我看出了新門道！」的討論都不太感興趣。有些甚至讓我厭煩。在我看來，一個作品它如此呈現，便是完整無缺的。我更喜歡就那麼感受它，接收它散發的全部資訊。而它以外的部分，你可以想像和推測，那是你的事，不關它的事。它含混、曖昧、飽滿、豐盛、跳動不安，被書呆子

氣的人搞得扁平乾癟。無數種意思，氤氳環響，不該被誰講成某一種意思。曖昧不清、無限豐富，就像天使的光環和翅膀。詩歌本身充滿歧義和奇境，被校對修改規整，變成普通的詞句，許多人愛幹這樣的事，尋找或給出唯一的解釋。使胡話詩變清晰，自以為是而無益處。我「不想弄清楚！」，不是追求更少，而是更多。它本來就不清楚，為什麼要把它弄清楚呢？更確切即是更不確切。（我也沒有在我的譯文裡添加任何注釋——我滿可以寫上一些，但我平常討厭太絮叨的翻譯——煩人的評論音軌——何況又不是主人，至於翻譯所動的手腳，透過注釋也找補不了，只好就這樣。）

即使沒有變身，愛麗絲本身的形象也令人喜愛，卡洛爾（在與他的愛麗絲泛舟二十五年以後）這樣描述筆下她的性格：「夢境裡的愛麗絲，在妳的創造者眼裡，妳是什麼模樣？他該怎樣描繪妳？可愛是最重要的，要可愛與溫柔：跟小狗一樣可愛，如小鹿般溫柔；然後是有禮貌——對誰都一樣，無論對方地位高低，偉大或怪誕，是國王或毛毛蟲，即便她自己是國王的女兒，身穿金縷衣；再來則是願意相信與接受一切最荒謬與不可能的事物，展

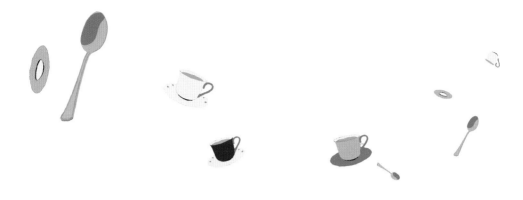

現出只有做夢的人才具備的極度信任態度；最後則是好奇——好奇心強烈無比，而且對於人生感到極度愉悅，這種愉悅只有在童年的歡樂時刻才會出現，因為在那當下一切都是如此新鮮美好，也不知罪惡與哀傷為何物，兩者只是空洞的詞彙！」

　　如今我已是個地地道道的大人，被故事中的時間與愛擊中。夏天總是最美好，萬物閃光，但很快過去。此時夏末秋初，「一天又將盡令人心焦」。鏡子外的屋外雪花紛飛，鏡中沒有寒意（鮮花盛開，溪水流動）。有人開罪了時間，就被棄而不顧在永遠的下午六點裡。有人倒著過日子，能記得未來。他們泛舟河上並講了愛麗絲的故事的那天，一八六二年七月四日，那天牛津一帶的天氣「涼爽而潮溼」，下午兩點後開始下雨，烏雲密布，最高溫度為十九點九攝氏度，但據說卡洛爾和愛麗絲都記錯了，他們記憶中那天十分晴朗，陽光明媚。他的年齡是她的三倍整，而他們的年齡加起來是她年齡的四倍。如果這個描述不限定在那時候，他們就會一直按照這個比例生長，她二十歲時他將六十歲，她三十歲時他九十歲……誰說不行呢？有的地方一天起碼有兩三個白天和夜晚，有時在冬天他們把五個夜晚連在一起，為了暖和

些。假如他們一起走，過多久她會和他一樣大？多久都趕不上啊
——倒退著走就可以。

　　《鏡中奇緣》第八章，恐怕是愛麗絲的全部旅程中最溫柔的
一段。有人說白騎士像堂吉訶德……並且在《堂吉訶德》第二部
第四章裡，堂吉訶德勞煩一位學士給他的心上人杜爾西內婭寫辭
行詩：「他要學士務必把那位小姐芳名的字母，挨次用作每行詩
的第一個字母；全詩每一行的第一個字母就拼成『杜爾西內婭‧
台爾‧托波索』這名字。……堂吉訶德說：『就得這樣；女人一
定要看見自己名字明明白白標在詩裡，才相信那首詩是為她作
的。』」卡洛爾也把愛麗絲的名字（Alice Pleasance Liddell）寫進
了結尾詩的開頭（原諒我沒有辦法使它在中文裡仍是一首藏頭詩
而又仍是原來的詩，我認為不值得為了「藏頭」而自行編造新的
詩句。順便說，在有些地方我編造了新的，譬如睡鼠的講述裡M開
頭的東西原文是「捕鼠器、月亮、記憶、差不太多」，我擅自改
成為「墨汁、滿月、祕密、馬虎眼」。這樣的地方還有一些，都
是我權衡的結果。又比如把滿是自創機關的詩裡的「green pig」寫
成了中文的「猜」，「這是我的發明」，學白騎士的話說，也會

有點滑稽可笑和令人疑惑嗎？算了，反正我也願意當白騎士，護
送你一程）。但西元三百年前的羅馬詩人已寫過藏頭詩，而卡洛
爾告訴過插圖畫家，白騎士不是老頭：「白騎士絕對不可以有鬢
角，不能讓他看起來是個老頭。」（然而在最為人熟知的一個版
本的插圖裡，白騎士完完全全是老頭。）所以與堂吉訶德的相似
之處——比如說笨拙、堅韌、異想天開而又多愁善感——只是相
似，多少惹人喜愛的人不是那樣呢。與其說是堂吉訶德，不如說
是卡洛爾自己吧，頭髮蓬鬆，面容友善，目光溫柔，帶著淡淡微
笑，愛從不尋常的角度想「沒用」的事，愛發明東西——卡洛爾
的日記裡寫著各式各樣的發明。

　　白騎士「一隻手打著慢拍子，淡淡的微笑猶如一層微光籠罩
在溫柔而愚笨的臉上」，唱起歌來，「斜陽在他的髮間閃爍，他
盔甲上的反光耀眼燦亮，令她目眩；馬靜靜地走動了幾步，脖子
上掛著韁繩，啃著腳邊的草；後面森林陰影濃重」——真是溫柔
得令人心痛的一幕。就算你今日懵懂，不明所以，也希望這一切
能像一幅畫存在你心裡。陪你走到森林盡頭，然後告別，希望你
別忘了我。他唱的那首歌，標題深情而歌詞貌似戲謔，一個真正

體貼溫柔、不願使對方受到一點驚擾或有絲毫壓力的人會這樣做──想表達我的愛，又不要看起來是真的。而歌裡，年長者平靜而誠摯地訴著衷腸與生平苦楚（但毫不渲染苦楚），年輕聽者只記掛著自己的事，漫不經心地聽著，任憑老者的話流過腦子，有如水穿過笸籮，這也恰似白騎士（或卡洛爾）與愛麗絲之間的狀況：他已傾心相訴，不能再多，而她只希望他的歌別太長，別多耽誤她接下來的行程，她滿懷期待地看著前方──不用多久，下了小山，過了小溪，她就會變成皇后。他的歌並沒有打動她，她像所有孩童一樣無情，但體貼、有禮貌、善良，也僅僅是這樣。他只能陪她到這裡，就要回他的黑森林裡去了，他是個受到種種限制的大人，而她自由自在，未來比他的要長。歌裡，多年以後，年輕的聽者回想起了那個多年前的夏夜、那個悲苦的老頭，這是願望吧，而使年輕人想起老頭的、他親自感受到的苦楚又是多麼的微小。

被淡然處之的悲傷與歡樂並行，化作輕歌曼舞，鋪在迷狂的後面，人生則令人感動而已，一如卡洛爾在一篇〈祝每個喜歡《愛麗絲》的小朋友復活節快樂〉裡說：「如果有機會能在夏天清晨

醒來時聽見鳥兒在唱歌，涼爽的徐徐微風從敞開的窗戶吹進來，此刻懶洋洋的你眼睛半開半閉，像在做夢似的看見綠枝搖擺，充滿漣漪的水上金色的波光粼粼，你知道那種如夢似幻的感覺有多美妙嗎？那是一種與悲傷相去不遠的樂趣，就像因為欣賞了美麗的圖畫或詩歌，因此讓眼淚奪眶而出的感覺。」此時無論你多大，只當是年長的孩童，我們且順流而下，人生難道不是夢？祝你快樂，與時間為友，與愛同在。

二〇一七年十月

愛麗絲夢遊仙境 / 路易斯·卡洛爾著；顧湘譯. -- 初版. -- 臺北市：時報文化，2020.07

176 面；14.8×21 公分. --（愛經典；38）

譯自：Alice's adventures in wonderland

ISBN 978-957-13-8256-2（精裝）

873.596   109008510

作家榜经典文库®
★ ★ ★ ★ ★ ★ ★ ★ ★ ★

ISBN 978-957-13-8256-2

Printed in Taiwan

愛經典 0 0 3 8

愛麗絲夢遊仙境

作者一路易斯·卡洛爾｜譯者一顧湘｜編輯總監一蘇清霖｜特約編輯一劉素芬｜封面設計一FE 設計｜內頁插圖—Miss Miledy、Ilyicheva Alexandra Yuryevna｜作家榜美術編輯一李柳燕｜企劃經理一何靜婷｜董事長一趙政岷｜出版者一時報文化出版企業股份有限公司　一○八○一九台北市和平西路三段二四○號四樓　發行專線一（○二）二三○六一六八四二　讀者服務專線一○八○○一二三一一七○五、（○二）二三○四一七一○三　讀者服務傳真一（○二）二三○四一六八五八　郵撥一一九三四四七二四時報文化出版公司　信箱一一○八九九台北華江橋郵局第九九信箱　時報悅讀網一http://www.readingtimes.com.tw　電子郵件信箱—new@readingtimes.com.tw｜法律顧問一理律法律事務所　陳長文律師、李念祖律師｜印刷一和楹印刷有限公司｜初版一刷一二○二○年七月十日｜初版二刷一二○二三年九月一日｜定價一新台幣三六○元｜（缺頁或破損的書，請寄回更換）

時報文化出版公司成立於一九七五年，並於一九九九年股票上櫃公開發行，於二○○八年脫離中時集團非屬旺中，以「尊重智慧與創意的文化事業」為信念。